le
voyageur
distrait

Maquette de la couverture:
Studio ADHOC

Le tableau de la couverture est de l'artiste peintre:
Paule Lagacé

© Éditions internationales Alain Stanké Ltée, 1981

ISBN 2-7604-0162-6

Imprimé au Canada
Dépôt légal: 4e trimestre 1981

81 82 83 84 85   1 2 3 4 5

Gilles Archambault

le voyageur distrait

roman

Montréal-Paris

DU MÊME AUTEUR

UNE SUPRÊME DISCRÉTION, roman
Montréal, 1963

LA VIE À TROIS, roman
Montréal, 1965
Collection «Québec 10/10» no 30 (1981) Stanké

LE TENDRE MATIN, roman
Montréal, 1969

PARLONS DE MOI, roman
Montréal, 1970
Collection «Québec 10/10» no 17 (1980) Stanké

LA FLEUR AUX DENTS, roman
Montréal, 1971
Adaptation cinématographique par Thomas Vamos, ONF, 1976
Réédition: Montréal, Quinze, 1980, avec une postface de François
Ricard

ENFANCES LOINTAINES, nouvelles
Montréal, 1972

LA FUITE IMMOBILE, roman
Montréal, 1974

TRICYCLE SUIVI DE BUD COLE BLUES, textes dramatiques
Montréal, 1974

LES PINS PARASOLS, roman
Montréal, 1976
Traduction anglaise par David Lobdell, Ottawa
Oberon Press, 1980
Réédition: Montréal, Quinze, 1980, avec une préface de Alain Gerber

STUPEURS, proses
Montréal, Sentier, 1979, avec des illustrations de Jacques Brault

LES PLAISIRS DE LA MÉLANCOLIE, petites proses presque noires
Montréal, Quinze, 1980

À François Ricard

Le concept de maison est pour moi celui d'une forteresse domestique à l'intérieur de laquelle cherchent à pénétrer les malheurs en provenance du monde extérieur.

Dino Buzzati

I
MONTRÉAL

Je ne peux m'empêcher d'évoquer un monde fermé, replié sur soi, un cottage anglais tapi au fond d'une impasse dans un quartier bourgeois de Montréal, entouré de pelouse et de fleurs, une petite maison en briques rouges rongée par le lierre. J'y vis avec une femme.

Je sais maintenant qu'aucune paix ne m'est possible sans Mélanie. Je ne supporterais pas d'abandonner à tout jamais ce refuge où je me suis terré. Il y a belle lurette que la vie ne m'apparaît plus comme une aventure à tenter. J'aime que notre maison nous protège contre l'envahisseur. Le recours au pont-levis sans scrupule. Je ne suis revenu de rien. Un ressort en moi s'est brisé, voilà tout.

De cette vie qui m'a torturé je n'ai à peu près rien retenu. Ceux avec qui j'ai frayé jadis ne sont plus très souvent que des ombres floues qui se meuvent lentement dans ma mémoire. Est-ce que j'aime Mélanie? Je dis que je ne peux vivre sans elle. À deux ans de ma cinquantaine, j'ai cessé d'être un homme de douleur. C'est le détachement qui caractériserait plutôt ma façon d'être. Mélanie m'éblouit très souvent. Je m'étonne de voir qu'une femme puisse vivre avec moi et demeurer intacte. Je ne nuis pas à Mélanie. Quand je lui fais part de mon émerveillement, elle se moque. Était-ce moi qui lui disais jadis que la sérénité est un mirage et que notre passage sur terre n'est que malédiction? Un verre à la main, des glaçons qui s'entrechoquent, une musique d'une tristesse inouïe, dehors des rafales de neige. Sourire en prononçant ces paroles pour qu'elle ne s'imagine pas que je cherche à l'émouvoir.

Je suis trop occupé à surveiller en moi les derniers sursauts de la vie pour me poser des questions d'ordre métaphysique. Je ne me préoccupe plus de savoir pourquoi nous sommes là. Comment ai-je pu aimer une femme au point de souhaiter mourir parce que je la sentais se détacher de moi? Andrée m'a laissé depuis longtemps, vit quelque part sur la Côte Ouest des États-Unis. Parfois je reçois un mot de Malibu ou de San Diego. J'en prends connaissance distraitement. Je lui ai écrit à une adresse de San Francisco et ma lettre ne m'a pas été retournée. Je l'imagine escaladant une pente abrupte un sac de provisions à la main ou assise sur un banc du *Golden Gate Park*. Ses cheveux noirs, sa peau tachetée de son.

Maintenant que je n'ai plus que le désir de protéger par tous les moyens notre solitude à deux, je ne vois pas ce qui me terrorisait si fort dans la perspective de l'abandon. Ma vie passive préfigure la mort, la mienne, unique et effroyable, mais je ne déteste pas cette préparation lente à l'agonie.

Comme tous les matins je me suis retiré dans ma salle de travail. Une demi-heure de jazz comme pour me prouver que cette musique me rattache à un passé. Archie Shepp et le blues. Jadis j'ai eu cette fureur. Est-ce si sûr? La pièce que je continue d'appeler ma salle de travail même si je ne fais plus qu'y rêvasser. Six mois de congé. J'ai interrompu toutes mes activités. Autour de moi on a conclu que je voulais écrire. Un roman?

Ne rien faire sans en ressentir de gêne. Puisqu'on s'est agité si longtemps, qu'on a cru à tant de vérités et de mensonges. L'activité pour l'activité surtout. Écrire sur tout et sur rien, destiner ses textes à la radio, à la télévision, aux journaux. Être journaliste à la pige, écrire des feuilletons télévisés, tâter un peu du cinéma, commenter à la radio les derniers enregistrements de jazz. Un homme occupé qui a trouvé le temps d'écrire des romans dont on lui parle parfois par distraction.

Je peux bien déclarer dans des interviews que l'écriture alimentaire vaut bien l'autre, que je m'y amuse, je sais bien que j'ai tué en moi l'homme qui cherchait à vivre de quelque espoir que ce soit. Il faut être porté par un étonnant dynamisme pour mener un livre à terme. Pourquoi chercher à sortir de ma torpeur puisque Mélanie ne me demande pas cet effort?

Que me demande-t-elle? Je ne saurais le dire. Nous avons l'un pour l'autre de délicates attentions. Me dit qu'elle m'aime et ne me reproche pas mes silences. Mélanie ne me tient rigueur d'aucune de mes failles. Je tâche de ne pas trop faire paraître mes retenues. Je vis avec une femme. Je ne sais rien d'autre.

Écrivain en vacances de lui-même que ne soutient plus sa mauvaise conscience, j'attends. Parfois je songe à cette période où je n'étais en paix que si un manuscrit était en marche et je m'étonne. Comment ai-je cru avoir ma place au milieu de tous ces écrivains? Mes rayonnages plient sous des livres étonnants de verve, d'invention, de poésie. Je me retire dans cette pièce minuscule, que j'ai au reste choisie pour son exiguïté, j'ouvre un livre au hasard.

À six ans j'avais l'habitude de refermer derrière moi les portes et de tenir pour importuns ceux qui les ouvraient à ma suite. Je croyais atteindre ce lieu où personne ne me rejoindrait. Je sentais qu'il y avait en moi une part que je devais protéger contre tout envahissement. Nul être n'a jamais violé cette intimité. Celles qui m'ont le plus approché, à qui j'ai cru tout dire, n'auront qu'effleuré le domaine secret. Les amis ont été tenus à distance avec plus de fermeté encore. Je voulais me connaître avant de les affronter. Cet approfondissement même ne m'intéresse plus.

Au petit déjeuner, j'ai dit à Mélanie que je me remettrais à écrire. Depuis quelques jours m'est venu le goût de relater un voyage que j'ai fait il y a quelques mois. J'ai été moi-même surpris de ce désir. Au moment où tout autour de moi on commence à tenir mes livres pour des oeuvres du passé, quelle idée d'entreprendre un nouveau livre! Puisque le plaisir d'écrire est bien mince et que toute idée de salut par la littérature m'a quitté. Mélanie a déposé la petite cuiller sur le rebord de la soucoupe, m'a caressé la main. La finesse de ses longs doigts. Rien ne m'émeut autant que ce contact-là. Il m'est arrivé de pleurer parce qu'elle m'avait touché. Nul doute, elle aurait pu tout aussi bien s'esclaffer puisque j'ai tant de fois affirmé qu'on ne m'y reprendrait plus, que l'humanité pouvait très bien vivre sans mes livres futurs.

Je lui ai dit cent fois que seules la mort et notre tendresse auraient dorénavant de l'importance pour moi. Elle sait que j'ai banni tout espoir et que je tiens l'écriture, dont j'ai tant parlé, pour un leurre de plus. Ces petits airs de flûte dont je suis capable m'ont occupé pendant des années, m'ont empêché de trop prendre la vie au tragique. Aussi la lente confession que je veux faire aujourd'hui sous forme d'un récit de voyage n'a-t-elle au fond que le mérite de me permettre de m'adresser à voix basse à un lecteur qui reconnaîtra peut-être au passage l'expression d'un sentiment qui ne le laissera pas indifférent. Les mots que j'utiliserai seront simples parce que murmurés. Ma vie me paraît souvent un opéra joué dans des décors décrépits, un opéra auquel j'assistai un soir de grande fatigue, il y a très longtemps.

On vit très bien sans écrire. Quand après des années de rêveries on se prend à ce jeu, il faut tout réapprendre, oublier la lente suite des jours, ne plus avoir que le désir de conduire un récit jusqu'à sa fin. Cette fois, je sais que c'est pour de bon. Je parlerai de Mélanie, d'une autre femme avec qui j'ai vécu, de mon amour du jazz et de lieux visités dans les pas de Jack Kerouac. J'évoquerai des êtres mi-inventés mi-observés. Ne m'intéressent plus que les images floues du souvenir, ne me retiennent que les effluves du passé que je tente de recréer dans leur effleurement même. L'avenir ne me préoccupe pas. Je me souviens à grand peine de douleurs que j'ai ressenties, de ces soirs de panique absolue où j'ai souhaité mourir. Les joies qui bouleversent me font peur, je tiens plus que jamais à la fragile sérénité qui m'habite. Peut-être est-ce pour cette raison que j'ai résisté si longtemps au besoin d'écrire. Je craignais que ne s'écroule un système de protection que j'avais patiemment édifié au long des années. Si j'y succombe aujourd'hui, c'est par certitude. Rien ni personne ne viendra à bout de mon détachement.

— Et de quoi parleras-tu dans ton livre?

— Je ne sais pas. Peut-être de Jack Kerouac…

II
LOWELL

Visiter une à une les pièces de la maison comme un malade qui se sait condamné et craint de ne plus jamais revoir les lieux de son bien-être. Michel ne voulait pas s'éloigner de cette demeure qui lui procurait le repos. Pourquoi partir? Il ne croyait plus à l'agitation. Il aurait pourtant été facile de résister aux exhortations de Julien. Un livre sur Kerouac, la belle affaire! Il s'était déjà passionné pour cet écrivain, mais en clinicien, parce que les étudiants de son cours de création littéraire à l'Université se passionnaient aisément pour *On The Road*. *Te souviens-tu de ce temps où il te fallait écrire tous les jours sous peine de culpabilité? Tu demandais alors à l'écriture ce que la vie ne te donnait pas. Des étreintes sans fin pour ne pas songer au temps qui passe. Ta reddition est complète. Plus question de réclamer à ta littérature la moindre libération. Tu n'es plus qu'un petit homme qui obéit à l'agent de bord qui t'assigne un siège.* Que l'on marque d'une pierre le dixième anniversaire de la mort de Kerouac, il n'avait rien à y redire, mais pourquoi céder à l'ami qui prétend que cette étude écrite conjointement l'aidera à reprendre son oeuvre interrompue? *Puisque je ne veux ni vivre ni écrire. Survivre dans la douceur, rien de plus.* L'ami Julien, le seul qu'il se connaisse, qui s'était cru réalisateur de cinéma, professeur d'escrime, peintre, et qui rêvait depuis toujours de voir son nom imprimé sur la couverture d'un livre.

Une aventure merveilleuse, prétendait Julien qui se consolait si mal de son statut d'universitaire, refaire à leur façon les itinéraires de Kerouac, rencontrer des amis, des spécialistes. Ils pourraient par la même occasion causer à leur aise, boire un coup, visiter les boîtes de jazz de New York et San Francisco. Mélanie ne se retient pas devant Julien de lui dire que son désir de plaire est maladif. Il a beau répliquer que les femmes n'ont pas les mêmes besoins que les hommes, Mélanie n'en continue pas moins de l'agresser sans trop de violence. Au restaurant, pour les dîners à quatre, ils ne savent jamais qui accompagnera Julien. Elles sont toujours très jolies, peu portées sur les choses de l'esprit et commencent par l'admirer. *Puisque je te dis que je suis pas un spécialiste de la Beat Generation. La poésie de Ginsberg, je suis sûr de l'ignorer jusqu'à ma mort. Cette ignorance me convient.*

Michel ne se risquait plus dans des assemblées trop nombreuses. Jamais de sorties mondaines, de lancements ou de cocktails. Mélanie partageait son goût de la retraite, pourtant il lui arrivait, pour des raisons professionnelles, d'assister à des congrès ou à des soirées d'information. Elle sortait seule alors ou se faisait accompagner par une amie. À l'Université, l'atelier de Michel ne comprenait jamais plus de dix étudiants. Sans raison sérieuse, il se laissait entraîner dans un projet qui ne reposait que sur la fantaisie de Julien, que sur son désir de publier coûte que coûte. *Tu n'as même pas à quitter Montréal pour ça. Écris une étude sur Kerouac.* Mais était-ce la passion communicative de Julien qui l'avait emporté ou le souhait de revoir Andrée? Il savait au fond de lui que si le périple de Kerouac ne l'avait pas conduit sur la côte Ouest il aurait su résister malgré tout. Quant à savoir pourquoi soudainement il lui paraissait indispensable de renouer ne fût-ce que superficiellement avec une femme comme elle, il ne se posait même pas la question. *Un jour, j'apprendrai qu'elle est morte.*

Mélanie étreinte avec force. Jamais elle ne lui avait semblé si menue. Une larme qui coule de ses yeux. Ne peut s'empêcher de pleurer comme un enfant qui abandonne pour la première fois la maison. *Pourquoi partir alors qu'il nous reste si peu de temps? Pouvoir dire à Mélanie que je tiens à elle.* Mais elle s'affaire, a-t-il bien son billet, a-t-il vérifié le numéro du vol? Ridicule de pleurer. Une courte séparation, trois semaines, le temps de s'accorder à tous deux des vacances, mais il pleure quand même. Rien n'y fait. *Comment lui confier que c'est elle qui m'a apporté la paix? Elle seule.*

Lui serrer la main, ses doigts si fins. Franchir la porte où un préposé vérifie les titres de transport d'un oeil méfiant, se dire qu'il serait si facile de rebrousser chemin. Que penserait Mélanie? Qu'il l'aime de plus en plus ou au contraire se mettrait-elle à le juger? Elle n'était pas de ces femmes qui n'ont de cesse qu'elles n'aient enlevé à l'homme aimé toute vie propre. Elle voulait qu'ils profitent tous les deux de leur liberté ou de ce qui en tenait lieu.

Pourtant il comprenait moins que jamais la nécessité de quitter sa compagne. Trois semaines, c'est énorme lorsqu'on s'est rendu compte que le temps nous échappe de plus en plus rapidement. Un jour viendrait où la mort les séparerait. Il ne se retourna pas pour la regarder une dernière fois de crainte de ne pouvoir retenir ses larmes. *Je suis comme Jack, je veux voir le monde sans m'éloigner de ma mère. Raconter cela à Mélanie dans une lettre. Jamais elle n'acceptera d'être tenue pour ma mère. Elle s'en offusquera, me le dira au téléphone.*

Les paupières baissées pour ne devoir sous aucun prétexte adresser la parole au voisin de droite qui jette un regard très peu convaincant sur son *Financial Post.* Penser à Kerouac afin de ne pas revoir le visage de Mélanie. Il savait que pour quelques minutes encore il serait vulnérable, puis que petit à petit il ne songerait plus qu'à Julien qui l'attendait à l'aéroport Logan. Jack et son mauvais vin. Jack qu'il avait lu avec avidité ces dernières semaines. Sa voix entendue grâce à un disque acquis à grands frais chez un disquaire spécialisé de Chicago. Les *haïku* ponctués par les phrases musicales empreintes de blues de Zoot Sims. Était-ce seulement l'éventuelle absence de Mélanie, leur séparation qui l'avait mené au bord des larmes? Il savait que si la situation était inversée, que si c'était elle qui partait il ne songerait tout de même pas à pleurer. Comme si son désarroi venait du départ de la maison. La petite maison victorienne où Mélanie l'avait recueilli après la rupture de son mariage. Une rupture brutale qui l'avait laissé dans un état lamentable. *Existe-t-il une seule façon de rompre qui ne soit pas brutale? Pourtant j'ai été cruel*. Lorsque l'on veut se détacher à tout prix rien ne vous retient plus, même la certitude que l'autre sera terrassée. Non que vous vous estimiez irremplaçable. Vous situeriez même à l'opposé votre coquetterie. C'est que vous craignez que celle qui a été votre femme pendant quinze ans ne parvienne pas à se détacher de vous. Les premiers jours il n'entendait pas la sonnerie du téléphone sans tressaillir. Si c'était elle qui le suppliait de revenir? Il était parti en coup de vent, abandonnant ses meubles, ses tableaux. Une semaine plus tard il se souvint qu'il ne pourrait vivre longtemps sans ses livres et ses disques. Ne pas répondre au téléphone, se couper totalement du monde. Andrée parlait souvent de mettre fin à ses jours. Un jour il apprendrait son suicide, en serait bouleversé. *Pourquoi me cacher que je ne saurais vivre plus longtemps sans la voir, me rassurer, me dire que le tort que je lui ai causé a été réparé, qu'elle a réussi à m'oublier. Après tout, personne n'est à ce point indispensable. Pourquoi s'attribuer à soi-même un tel pouvoir?* Quel âge a-t-elle maintenant? L'imaginer sortant de l'*Embarcadero Center*, un sac en bandoulière, son pas nerveux, s'excusant auprès d'une vieille dame qu'elle aurait bousculée par mégarde.

La mère de Kerouac qui filtrait son courrier, répondant au téléphone qu'il était absent afin qu'il puisse écrire. Tout pour sauvegarder la liberté de l'écrivain. *Tu n'as pas voulu travailler comme les autres, devenir avocat ou homme d'affaires, porter cravate, eh bien! va à ta machine à écrire et raconte-toi!* La solitude, la vraie qui permet de trouver le néant initial. Plus personne pour te divertir de ton désespoir, livré au sentiment de dérive qui ne t'a jamais abandonné. Tant d'années avec une femme qui occupait toute la place, qui voulait qu'on l'aime, qui te rattachait à la vie. Soudainement plus rien. Et par ta faute. Tu as parlé de l'amour dans tes livres, d'attachements plus ou moins profonds, tu as varié presque à l'infini les rapports entre les êtres dans des textes destinés à la télévision, mais lorsque le sort t'a mis en présence de la solitude tu n'as plus su comment réagir. Comme si déjà on versait sur toi les premières pelletées de terre. La volonté de se laisser mourir, de ne plus se donner la peine de participer à l'aventure. Il a pourtant fallu te remettre à travailler, sortir de l'appartement, aller à l'Université, à la Maison de la Radio. Quand donc le passé a-t-il vraiment commencé pour toi à devenir plus important que le présent même? Surtout ne pas chercher à t'expliquer sur ces choses. Mélanie même ne te laisse pas épiloguer sur ce sujet, préférant tourner tes propos à la blague. Elle ne tolère pas que tu lèves ce voile. La mort accueillie depuis longtemps, sans révolte. Un peu comme ces moines qui se couchaient dans un cercueil pour apprivoiser leur crainte. Qu'on te demande n'importe quoi sauf d'avoir ce qu'ils nomment un comportement «positif». Quand tu sors de ta torpeur, du rêve éveillé, que tu travailles d'arrache-pied comme si le sort du monde devait en dépendre — car tu es capable de rester de nombreuses heures à ta table de travail — ce n'est pas pour une oeuvre que tu édifierais lentement mais pour oublier. Le travail acharné ne t'est plus possible que s'il est commandé. Autrement c'est la création au compte-gouttes dont tu ne vois pas bien au reste à quoi elle peut servir. Si tu n'écris plus de roman c'est que tu ne ressens plus en toi l'exigence de laisser quoi que ce soit à ta mort. Quelques rares écrivains te parlent encore. La vie s'est rétrécie. Dans cette petite marge que tu t'es réservée avant le silence final il n'y a plus place que pour des récits courts. Sont-ce même des récits? Ne s'agit-il pas plutôt de petites proses si ténues qu'on en voit à peine le dessin? Tu crois exprimer l'essentiel mais ne serais pas surpris de n'avoir été que superficiel. Puisqu'on n'est jamais sûr, puisque de toute façon il ne t'est plus possible d'espérer. L'ironie qui t'a servi de guide tout au long de ta vie n'est plus qu'un regard désabusé que tu lances sur tes actions. Stendhal disait que la passion seule donnait naissance aux grands accomplissements. Tu le sais, mais toi tu ne veux plus rien accomplir.

Jack Kerouac puisqu'il le faut... Que serait parvenu à lui dire Michel s'il l'avait rencontré? Des banalités sûrement, sur le ton détaché qu'il adoptait dans la plupart de ses rapports humains et qui faisait qu'on avait souvent l'impression en lui parlant qu'il était ailleurs. Il aurait probablement cherché à éviter cet écrivain connu et légendaire qui avait le vin bruyant. Et son optimisme qui le poussait à vouloir tout connaître, tout expérimenter. Michel savait trop bien que chaque jour qui s'ajoutait l'éloignait de l'appétit de la vie. Il savait jouir des choses comme jamais auparavant mais avec le sentiment que dans quelques années la vieille atroce viendrait. La mort ne l'inquiétait plus tellement. À dire vrai il se retrouvait enfant aux derniers jours de l'été, appréhendant l'inévitable rentrée scolaire. Combien de temps encore?

Une maison où se reposer, se refaire pour affronter le monde. Le temps des voyages est terminé. L'enthousiasme qui marquait chez lui la découverte de villes étrangères ne tient plus. *Relire les pages de Kerouac sur San Francisco. L'arrivée surtout. L'exultation. Les plus belles pages de Kerouac, une apothéose du désir de vivre. Michel, c'est le désir de vivre qui est mort en toi. Tu ne souhaites plus rien. La paix que t'apporte Mélanie, votre immense tendresse, ce n'est pas la vie. Puisque tu ne luttes plus. Ce n'est qu'avec Andrée que tu as consenti à te livrer entièrement. Tu as failli y laisser ta peau et depuis tu vis à l'économie. Tu as réussi à te délivrer de tout souhait. Tu regardes passer le temps. On n'a pas besoin de voyager pour cela. Tu ne t'es éloigné de chez toi que parce qu'après tant d'années te revenait le scrupule de revoir Andrée. Pour constater où en était rendue ton oeuvre de dévastation. Car tu t'étais aperçu aussi que la passion, pour laquelle tu n'étais pas fait, n'avait pas nui qu'à toi. Tu avais laissé quelques victimes tout au long d'une vie pourtant assez peu remplie d'aventures amureuses. Seule la liaison avec Andrée avait été assez longue pour qu'il ne soit pas possible que tu l'oublies. Et puis pouvais-tu faire mine de ne pas savoir qu'elle n'est plus qu'une femme exténuée qui va de clinique psychiatrique en maison de repos depuis cinq ans au moins? C'est l'enfer qui t'attend mais déjà tu ne vis plus que pour ce moment.*

Incapable de revoir avec précision le visage de Mélanie, d'imaginer avec justesse le grain de sa peau, le chatoiement de ses yeux pers. Son odeur qu'il lui serait impossible de recréer. L'idée ne lui est pas venue de glisser sa photo dans son portefeuille ou entre les pages du *Vagabond solitaire*. D'ailleurs il possède peu de photos de Mélanie. Au moment de la rupture, il a tenu à brûler tout ce qui pouvait lui rappeler l'existence d'Andrée. C'était pourtant sa figure à elle qui lui revenait avec le plus de netteté. Jamais il n'avait pu oublier son sourire triste, le pincement de ses lèvres lorsque la crainte s'emparait de son être à la suite de la plus légère contrariété. Andrée insistait pour qu'il la photographie le plus souvent possible, ne craignant pas les séances de pose interminables. Le visage de cette femme lui était présent mais il aurait été bien incapable de le décrire avec précision, n'ayant retenu que les expressions qui l'avaient touché. Il ne lisait du reste certains écrivains que pour leur habileté à décrire un personnage. Paul Morand, qu'il ne parvenait pas à aimer, avait selon lui ce brio incomparable. Loin de Jack et de son écriture automatique, une écriture à fleur de peau et d'intelligence, comme une conversation entre des personnes que les clichés de la vie n'atteignent que superficiellement. L'aspect futile de cette société irrite parfois Michel qui se sent alors très proche du milieu populaire qui l'a vu naître. Il n'imagine pas qu'il puisse se sentir à l'aise dans un monde qui fait la place trop belle à l'argent et aux relations sociales. Si Julien est depuis plus de vingt ans son ami, c'est un peu à cause de la complicité qu'a formée chez eux la même origine sociale. *Nous deux, c'est la rencontre de Rosemont et de la Côte Saint-Paul. D'accord, tu as mieux réussi que moi, tu écris surtout, tes livres sont étudiés à l'Université. Je sais bien que cela ne nous sépare pas, mais j'aimerais bien moi aussi laisser quelque chose derrière moi.* Julien ne lit pas Paul Morand. Pour lui c'est un écrivain du passé, un écrivain bourgeois, il aime rappeler qu'il a été compromis sous Pétain. Il lit peu, parle avec abondance de Gombrowicz et d'Antonin Artaud, tient à tout prix à l'idée de modernité dont il fait la matière d'au moins un cours chaque semestre. Le désir réel qu'il a de créer n'est pas assez fort pour l'empêcher de faire la cour à toutes les femmes qu'il rencontre. Incapable de s'isoler pour longtemps il répète pourtant que toute vie qui n'aboutit pas à l'écriture d'un livre ou d'une symphonie doit être tenue pour un échec. Michel a lu des textes de son ami et doute qu'il puisse un jour réaliser son rêve. Une écriture trop appliquée, le refus de laisser place à l'imagination ou à l'impudeur. *Nos deux noms sur la couverture d'un livre, comme ce serait merveilleux! Un prolongement de notre amitié en quelque sorte. Les disques de jazz, c'est très bien, mais il pourrait y avoir autre chose de plus solide.* Embêté, Michel avait souri de la profession de foi de son ami. Il comprenait de plus en plus difficilement qu'à cet âge on pût mettre son espoir dans un but qu'on n'était pas sûr d'atteindre. La publication de ses livres ne lui avait rien procuré d'exaltant. *En quoi l'écriture d'un livre sur Kerouac peut-elle nous permettre de prolonger notre amitié? Est-ce que justement je veux approfondir ces liens qui nous unissent? Je ne demande à Julien que sa compagnie certains soirs où il m'est agréable d'écouter de la musique en sa présence. C'est lui qui sent le besoin de s'épancher, qui me fait des confidences sur ses histoires avec les femmes, qui m'étale ses frustrations pendant qu'on entend en sourdine une mélopée de Wayne Shorter. Je ne requiers que les consolations de Mélanie aux jours de doute.*

Dans une heure il verrait Julien à l'aéroport. Les premières heures seraient fastidieuses, le temps de trouver le même diapason, de s'habituer à l'impétuosité de l'autre, à son débit rapide, à l'état d'excitation qu'il atteignait dès que le sollicitait la moindre passion. Il le verrait tous les jours pendant trois semaines. Une régularité à laquelle il aurait du mal à s'habituer. Les enthousiasmes débordants l'embêtaient. Comment participer à un délire qu'on n'a pas soi-même éprouvé d'abord? *Je m'adresserai à lui sur le ton que j'emploie avec mes étudiants. Petit à petit je me ferai au déluge de mots qui émaneront de lui. Oui, c'est cela, comme mes étudiants que je laisse parler autant qu'ils en ont envie mais qui finissent parfois par aimer ce que j'aime.* Julien ne l'émouvait jamais comme les jeunes filles et garçons qu'il rencontrait une fois par semaine dans un local humide et mal éclairé. Parfois il se laissait aller à leur raconter un lointain souvenir. Ils ne semblaient pas se moquer de lui. Rien ne lui plaisait autant que de voir une curiosité s'éveiller. Une fois seulement il avait commis l'imprudence d'écouter les confidences d'une étudiante qui s'était imaginée trouver en lui l'âme sensible. C'était au début de l'année ou du semestre, il n'avait pas eu le temps de connaître son monde — et puis connaît-on une jeune fille timide qui balbutie, qui semble au bord des larmes?

Son journal soigneusement replié, puis remis dans sa serviette, le représentant de commerce somnole. Les agents de bord font la cueillette des verres de plastique. Dans quelques minutes une voix évoquera une descente, un atterrissage. Le vocabulaire uniformisé de l'aviation qui jamais ne se transforme. *Revoir plutôt, s'il est possible, le visage de Mélanie. Tout à l'heure je pleurais, pourtant je n'arrive même plus à dire ce qui fait que ce visage est tout pour moi. La peau très fine, certes, blanche, de délicates taches de rousseur, la lèvre inférieure presque négroïde, les attaches du cou si délicates. Les yeux aussi.*

Qui s'animent pour un rien. Elle en joue peut-être parfois. Mais j'aime cette façon de jouer. Quand elle se met en colère — il faut peu de chose — je la trouve si belle, son front se plisse, son nez se pince. Trois fois sur quatre, nous pouffons de rire.

Michel vivait dans une maison qui appartenait à Mélanie. Elle avait choisi la plupart des meubles bien longtemps avant son arrivée dans sa vie. L'apport de Michel sur ce chapitre se limitait à quelques lithographies et à des bibelots sans valeur qu'il avait rescapés de déménagements successifs. Tant d'années à refuser de s'incruster où que ce soit pour aboutir au refuge qui résume tout. Les appartements presque nus, les meubles du meilleur goût mais trop peu nombreux pour donner à une salle de séjour l'apparence de la stabilité, voilà ce qui avait été son décor pendant très longtemps. Seuls les livres et les disques l'intéressaient alors. Chaque fois qu'une femme sortait de sa vie, il s'essayait à la solitude. Il avait fallu qu'Andrée apparaisse pour que tombent ses réserves. Avec elle, pour la première fois, il avait cru atteindre à cet état étrange qui ressemblait au bonheur. Il se tenait pour un amoureux alors qu'au mieux il ne pouvait être qu'un compagnon attentif.

Sur une petite table de la salle de séjour la photo d'un couple. Mélanie plus jeune sourit à un homme au début de la quarantaine. C'est l'été, se dessinent les allées d'un parc, un banc, des enfants regardent un cerf-volant très haut dans le ciel. Elle est avec son père dont elle parle souvent même si sa mort remonte au début des années soixante.

— Il faudra que tu acceptes cet autre homme de ma vie, avait-elle dit en riant aux premiers jours de leur liaison.

— J'accepte tout, avait-il répondu en songeant à son père qu'il n'avait pas vu depuis presque un an. Les vieilles rancunes s'étaient calmées. Il ne se souvenait même plus de s'être déjà opposé à lui.

— Tu es possessif?

— Je ne crois plus l'être.

— Parce que tu l'as été?

Les ridicules, les humiliations qu'on ne veut plus connaître. L'humour dont on est si fier ne nous a pas protégé contre les égarements. Plus jamais! Andrée avait extirpé de lui toute envie de jalousie. Il avait appris que l'exclusivité se paye cher. Parfois il s'inquiétait pendant quelques instants de certaines relations masculines de Mélanie, mais dès qu'il s'apercevait qu'un mécanisme de doute pouvait s'installer en lui il n'avait aucun mal à songer à autre chose. Puisque de toute façon Mélanie avait le droit de ne pas être seulement cette compagne tendre, cette femme de carrière efficace et ordonnée. Mélanie qui avait toujours le mot juste, qui ne bafouillait jamais, qui se souvenait avec précision des détails les plus insignifiants et les plus lointains. *Pas comme toi, un pierrot lunaire qui ne termine pas toujours ses phrases, ton esprit ayant déjà décrété qu'il n'est vraiment pas nécessaire de s'attacher plus longuement à une chose devenue inutile, sautant plutôt à un incident que tu avais oublié de raconter et dont Mélanie pourrait faire son miel. Le coq-à-l'âne qui empêche de se complaire trop longtemps dans une idée. Puisqu'il ne faut jamais que tu te prennes au sérieux. Quand tu as été amoureux fou tu as omis l'ironie.* La jalousie qui n'est que tourments réducteurs avait pu le paralyser jadis. Était-ce bien lui qui devenait incapable de lire ou même de regarder la télévision parce qu'Andrée avait été trop évasive au sujet d'une soirée au théâtre? Et lorsqu'il avait eu la certitude qu'elle voyait effectivement quelqu'un d'autre et qu'il n'y avait aucun espoir qu'elle cesse de le rencontrer, il avait persisté à croire qu'elle ne serait qu'à lui. Il s'était comporté en tous points comme s'il pouvait prétendre avoir des droits sur un être. La solitude n'est pas plus cruelle que cette instabilité émotive. Lorsque Mélanie se rend à Toronto ou à New York avec un collègue il oublie parfois de prendre en note le nom de l'hôtel où elle descend. C'est elle qui téléphone pour dire que tout va bien, qu'elle a mangé dans un restaurant de la cinquante-deuxième rue et que la dernière mise en scène de Joseph Papp n'est pas très originale.

Échanger quelques phrases avec son compagnon de voyage maintenant qu'il ne reste plus que dix minutes, qu'il faut boucler les ceintures et qu'il n'y a plus aucun risque de longues et fastidieuses conversations. Pas homme d'affaires pour deux sous. Professeur de physique nucléaire à *UCLA*. Connaît Montréal et l'aime bien. Profitant d'un silence un peu prolongé qui s'est installé dans leurs propos, Michel ferme les yeux comme s'il pouvait craindre l'atterrissage imminent. Il n'avait jamais moins eu la curiosité de se lier avec des inconnus. Le temps qui se raréfie lui interdisait de sortir de son monologue intérieur. Seule la conversation de Mélanie lui était indispensable. Lorsqu'il s'adressait à elle ou qu'il entendait sa voix, il ne lui semblait pas mettre fin vraiment à sa méditation. Pour la première fois de sa vie, quelqu'un pénétrait dans le jardin secret sans qu'il ait l'impression d'une intrusion. Depuis le début de leur cohabitation il ne ressentait plus le besoin de s'évader. Pourquoi s'éloigner d'une femme qui ne tentait jamais de l'envahir? Il y avait bien ces petits moments d'agacement passager mais qu'il ne voulait pas retenir. Rester à ses côtés, écouter de la musique, lire, boire un café fort en essayant d'être moins médiocre que les événements qui les entouraient. Trois semaines pendant lesquelles il devrait se priver de sa présence. La sérénité qu'ils connaissaient ensemble aurait un jour une fin. Il pensait avec de plus en plus de terreur à cette nuit qui ne serait suivie d'aucune autre. Devant sa machine à écrire parfois, alors qu'il mettait au net un article, il s'arrêtait, fasciné par le masque mortuaire de Mélanie qu'un jour peut-être il contemplerait. Il en était sûr, Mélanie n'avait pas les mêmes hantises. Trop engagée dans la vie pour avoir de ces visions, elle n'avait pas à se persuader de l'utilité de vivre puisqu'elle vivait intensément. Elle ne perdait pas son temps à des interrogations mille fois recommencées sur une signification à donner à ses gestes. Elle aimait un homme. Elle disait que rien ne comptait davantage pour elle. Jack Kerouac n'avait vraiment aucune importance à côté de cette réalité-là. Quelle vérité lui procurerait ce voyage, qu'il ne sache déjà? Un jour viendrait où tout paraîtrait inutile. Seule la présence de Mélanie alors lui serait acceptable.

III
LOWELL

Le soir Lowell se transforme en une sinistre buvette. Du moins est-ce l'impression du touriste qui parcourt les rues du centre-ville bordées de maisons à briques rouges très souvent décrépites. Des passants s'engouffrent furtivement dans des bars bruyants et enfumés. Dès le lendemain Michel découvrira une autre ville, paisible et petite-bourgeoise, se reposera sur les berges du Merrimack, somnolera en pensant au pitoyable *canuck* dont il suivait la trace, mais pour l'heure il n'est que l'écrivain québécois en exil de lui-même qui pousse la porte du *Nicky's Bar. Pourquoi Julien ne m'a-t-il pas prévenu qu'une femme l'accompagnerait? Il a oublié que notre voyage était celui de l'amitié. C'est lui pourtant qui insistait sur les conversations que nous aurions, sur le passé que nous évoquerions.* Le bar bruyant, la noirceur, la fumée. Une femme à robe rouge décolletée en V qui parle fort et se penche vers son compagnon de gauche de façon qu'il s'aperçoive qu'elle ne porte pas de soutien-gorge. Une forte odeur de parfum qu'il sent dès qu'il passe à sa portée. Que dit Mélanie de ces femmes qui craignent de ne jamais assez affirmer leur présence? Elle est féroce au sujet des êtres de son sexe. Pas comme Michel qui toujours cherche l'excuse, qui *comprend.* Le nombre d'embêtements qu'il aurait pu s'éviter si seulement il s'était résigné à n'être jamais celui qui écoute. *Tu nous donnes l'impression d'être près de nous, tu poses les questions qu'il faut, tu souris et tes yeux, tes yeux! Ce que tu peux être malhonnête!* Comment se prénomme-t-elle? Claude, se le rappeler. Les femmes retiennent les prénoms. Claude, un garçon, absence de seins, pas une once de cellulite sûrement, ses jeans étroits qui dessinent son corps. Une belle petite bête qui ressemble à bon nombre de conquêtes précédentes de Julien. Et l'ami qui explique qu'elle a été son étudiante, qu'elle se passionne pour la littérature américaine d'après-guerre, que c'était une occasion unique de lui montrer l'Amérique. Une excellente collaboratrice, pas chiante pour deux sous. Il n'avouera jamais que Claude est sa maîtresse depuis un mois, craignant l'ironie de Michel. Il poussera même la coquetterie jusqu'à confesser qu'ils ont bien couché ensemble deux ou trois fois, mais que c'était par amitié, par besoin mutuel. *Elle n'est pas du genre à enquiquiner les gens. Elle sait être discrète. Quand nous voudrons la laisser seule, elle ne me fera pas la tête. Et puis elle a lu tes livres!* Il n'avait fallu que quelques minutes à Michel pour se rendre compte de l'attachement réel de Julien pour une femme qui n'en demandait pas tant. Pour la première fois de sa vie peut-être son ami était amoureux. Michel éprouvait une étrange sensation de gêne devant ces marques d'attention que Julien ne pouvait refréner, comme si pour lui Julien ne pouvait jamais connaître que des amours de passage. Il se sentait un peu trahi. Et puis la présence de cette femme le troublait. Sa jeunesse, sa façon de regarder droit dans les yeux, ses joues pleines. *Écrire ce soir même à Mélanie, lui dire ce qu'elle est pour moi, lui décrire notre vie à deux afin qu'elle n'oublie pas. Une absence de trois semaines. Seulement trois semaines. Mais il suffirait de si peu pour qu'elle s'aperçoive que tout compte fait je ne suis que celui qui lui tient compagnie dans le cheminement vers la mort. Que cela, et tout cela.* Maintenant que les yeux ont l'habitude de la noirceur, se rendre à cette salle où il est attendu. Plusieurs tables sont occupées. Julien et Claude n'y sont pas. Occupés à faire l'amour sûrement. Le petit corps de la femme qui s'ouvre et Julien qui se sent visité par une puissance sans borne. Toutes ces lettres qu'il avait écrites à Andrée avant leur rupture. Il l'avait inondée de billets, de notes, de messages qui criaient son amour, sa dépendance envers elle. *Tu es ma seule raison de ne pas désespérer.* Les nuits d'insomnie, étendu aux côtés d'une femme qui ne sait plus si elle veut continuer de vivre avec vous, qui le dit sans ménagement, qui oublie que la veille elle vous accordait toutes les qualités. Ne jamais plus souffrir pour autre chose que la fuite du temps. Rechercher la tendresse, la quiétude, se retirer du jeu lentement, devenir comme ces lamas que plus rien ni personne n'émeut. Bannir tout mouvement, se laisser glisser vers la mort.

Les agents de bord en rang d'oignon proclament des *welcome* et des *good day* de pure convention. Le désir de voir Julien devenu impérieux. Mais qui est donc cette femme qui se tient près de lui? Il ne se trompe pas, ils sont bien ensemble. Les présentations. La fille est charmante, son sourire est engageant, mais il ne saurait être question dorénavant de voyage d'amitié. Le projet paraît encore plus loufoque. Comment dans ces circonstances travailler vraiment? Comment réfléchir à l'aise à un écrivain qui ne lui est pas si proche tout compte fait? Tout aurait été tellement plus simple s'il était resté dans sa salle de travail à rédiger le scénario de film qu'on lui avait commandé. Le cliquetis de la machine à écrire valait bien les rencontres qu'il faudrait faire, les notes qu'il faudrait prendre. Pourquoi remuer les cendres de Jack Kerouac, cet écrivain qui voulait tant être une vedette? Ses livres derrière lui, ne faisant rien pour rappeler leur existence à ses contemporains, heureux de l'anonymat où il se maintenait avec aisance, Michel blagua Julien sur son costume bleu pâle qui lui donnait l'apparence d'un golfeur professionnel, cherchant à retenir l'attention de Claude. Et si le projet était remis, si l'ami lui apprenait qu'il se contenterait dorénavant d'être amoureux? Bien loin de là, Julien exultait.

Pas question de mettre en doute la gentillesse de Claude. Elle souriait en écoutant tout ce que Michel ou Julien pouvaient avancer. Lorsqu'elle rompait le silence, elle parlait pendant cinq ou dix minutes d'affilée. Allumant cigarette sur cigarette, bougeant constamment, ayant l'habitude de toucher le bras de la personne à qui elle s'adressait, elle savait retenir l'attention sans lasser. Quel âge avait-elle? Moins de trente ans, pensait Michel en lui rendant un sourire.

— Il est évident que je n'aurais pas détesté passer une nuit avec Neal Cassady. Bien baiser. Causer un peu, fumer un joint. Après, ni vu ni connu. Quant à Kerouac, merci pour moi. Je te scandalise, je suppose?

Julien protesta pour la forme. Il était d'accord avec tout ce que Claude disait.

— Tu sais bien que c'est ce que je pense.

— De toute façon, je te scandalise toujours. Il fallait pas que tu t'amouraches d'une femme libérée. Dis, Michel, ça ne t'embête pas que je lui casse un peu les pieds? C'est la première fois qu'il est avec une universitaire! Car je suis couverte de diplômes, figure-toi. Ce salaud-là faisait même partie de mon jury de thèse. Mais il n'a pas tellement l'habitude, l'habitude des femmes cultivées je veux dire. Un macho, un vrai macho qui se spécialise dans les secrétaires, les ouvrières. Il les séduit, les abandonne. Toi, je sens que tu n'es pas comme lui.

— Tu as raison. Je n'aime pas beaucoup les ouvrières.

— Elles ne sont pas de ton monde?

— Il ne s'intéresse qu'à Mélanie, fit Julien en s'emparant de la main de Claude.

— C'est pas vrai! Tu te contentes d'une femme?

— Mais oui.

— Depuis longtemps?

— Je ne me souviens pas...

— Tu ne te souviens pas d'avoir été infidèle? Tu es très fort, mais je ne te crois pas. Pas une seule fois? Une étudiante, une admiratrice, une comédienne?

— Puisqu'il te le dit.

— Laisse-nous! Je veux savoir!

— Et tu ne le sauras pas, ajouta Michel en vidant d'un trait son *gin tonic*.

À peine une heure après l'arrivée au *Holiday Inn* de Tewksbury, il avait fallu tenir une séance de travail. On était à quelques kilomètres de Lowell, tout près des rails du chemin de fer. Claude avait troqué ses jeans pour une jupe très ample et un T-shirt rose qui parvenait à lui dessiner une poitrine. Elle avait énuméré la liste des rendez-vous déjà pris. L'important selon Julien était de marcher dans Lowell, de visiter les lieux de l'enfance, de prendre des notes. *Jamais je n'écrirai ce livre. Il le fera seul. Je veux penser à tout autre chose. Ma vie d'écriture est ter-minée.* Il croyait qu'il serait possible de se laisser vivre ainsi jus-qu'à la fin. En cet instant même, sans raison apparente, il se mit à songer à son père qui n'en finissait plus d'agoniser dans sa mai-son de la rue Beaulieu, à Ville-Émard. Il lui rendait visite tous les mois, échangeait quelques mots avec lui puis le quittait épou-vanté. *Dans vingt-cinq ans je serai comme lui. Je ne tiendrai plus à la vie que par obstination. Et je sais que pas plus que lui je n'aurai le courage de me suicider.* Jamais il n'aurait cru qu'il par-viendrait à avoir pitié de lui. Certes il ne l'avait jamais détesté bien longtemps, c'est surtout l'indifférence qui marquait leurs rapports à l'époque. De sa mère qui avait fui peu de temps après sa naissance, il n'avait jamais rien su. Pas question non plus de poser trop de questions. Puisque de toute façon il n'avait jamais ressenti de manque de ce côté. Certaines femmes lui repro-chaient au moment de la rupture d'avoir cherché en elles une mère, mais était-ce bien sérieux? Et Julien pour se donner de l'importance, pour prouver à son ami qu'il ne l'avait pas attiré sous de faux prétextes, s'ingéniait à donner tous les détails ima-ginables. Ils avaient établi des tas de contacts, disait-il, fait de nombreux appels. Lowell avait été ratissé.

Michel n'écoutait que distraitement. Puisqu'il n'était pas question qu'on obtienne de lui quelque permission que ce soit. Puisque de toute façon l'écriture de ce livre sur Kerouac lui paraissait la chose la plus vaine du monde. Son ami pourrait tout aussi bien le réussir seul. Pourquoi s'imaginer que lui, le roman-cier intimiste, puisse être de quelque utilité dans ce projet? Un sourire poli, une question qui lui apprendrait que Jack avait été journaliste sportif à Lowell. Et Julien de donner force détails, de paraître en pleine possession de son sujet comme s'il s'agissait vraiment de convaincre l'autre. *Il s'aperçoit que je ne l'écoute pas, que je ne réussis pas à prendre au sérieux sa démarche. Tout projet de cet ordre m'indiffère. Que pourrions-nous appor-ter de nouveau sur cet homme qui a vécu, écrit si loin de nous? Pour le temps qui me reste à vivre je veux m'attacher à l'essen-tiel. Ne pas être dérangé dans ma contemplation du néant. Déri-sion. Non mais va-t-il se taire?* Claude qui se fait les ongles d'or-teil décide qu'elle a soif.

— Vous voulez une bière? Et puis cesse de nous casser les pieds avec *On the Road,* on dirait que tu donnes un cours magistral. Toi, Michel, t'as soif? On a de la *Schlitz.*

Elle a à peine le temps de se lever que Julien reprend:

— Si on se dépêche un peu le livre sera terminé dans six ou sept mois. Qu'est-ce que tu dirais d'une coédition?

— Comme tu voudras. Tu devras mettre les bouchées doubles. J'écris très lentement, tu sais.

— Je te botterai le cul.

— Tu ne penses pas que tu devrais l'écrire seul?

— Pas question. Seul je ne parviendrai jamais à bout de rien.

— Écris-le avec Claude.

De retour avec les cannettes de bière, elle regarde Michel.

— Tu te fous de ma gueule ou quoi? Faire le travail pour que ce sale type en prenne tout le crédit? Quand j'écrirai, si j'écris, ce sera pour la cause de la littérature féminine. Pas question de collaborer avec un macho! Et puis je baiserais bien aujourd'hui!

Le *Nicky's Bar.* Jack venait souvent à la fin de sa vie dans ce petit local sombre qui appartenait à son beau-frère, Nick Sampas. Histoire de boire à l'oeil probablement. Julien regrettait d'avoir raté Stella Sampas. Il lui écrirait en Floride. Peut-être accepterait-elle de répondre à quelques questions au sujet de cet étrange mari? À l'entendre on se serait cru en présence d'un tout jeune homme préparant un travail universitaire sur Jack, ne sachant pas que des centaines d'autres avant lui avaient eu les mêmes préoccupations. Dès qu'un écrivain se signale à l'attention d'une génération les curieux s'amènent. Peu importent les raisons. Il faut faire marcher l'université. Faire parler Julien qui a fait sienne toute la mythologie de Kerouac, qui évoque le quartier de Pawtucketville comme s'il y était né. Il sait le dosage de Grecs, d'Irlandais et de Canadiens français qui formaient le Lowell des années trente, il n'ignore rien des activités sportives du jeune *canuck. Mais ne te rends-tu pas compte que je ne t'écoute pas? Je t'ai pourtant dit mille fois — parce que tu es mon ami — que je m'efforce désormais de ne plus cultiver l'espoir. Je vis avec une femme qui se suffit à elle-même, qui n'attend de moi qu'un peu de tendresse, qui ne se demande pas sans arrêt si je suis ou non capable d'amour. C'est tout ce qui compte pour moi et tout ce qui m'importera jusqu'à la fin. Plus question que je me passionne pour quoi que ce soit. Surtout les êtres qui me font peur. Tu veux que je te soutienne, que je cautionne ton travail? Va, ne crains rien. Je serai professionnel jusqu'au bout. Je sais ce que veut dire le travail alimentaire. Depuis des années que ma machine à écrire ne sert plus qu'à cela. Mais n'espère pas que je me transforme en essayiste convaincu. Ton Kerouac ne deviendra jamais le mien. Je n'ai pour lui qu'une profonde pitié.* Claude vient de repousser la main de Julien. Elle s'allume une cigarette, affirme qu'elle cessera de fumer le lendemain. Si Kerouac avait eu la volonté de cesser de boire, affirme-t-elle pour taquiner Julien, il serait tout aussi bourgeois que Ginsberg. Julien réagit d'abord avec modération. Rappelle qu'ils le verront à New York, puis s'emporte. Qu'a-t-elle donc à chercher noise à son idole?

— Écoute, mon petit vieux, si ça ne fait pas ton affaire, je rentre à Montréal tout de suite. L'exotisme de Lowell, tu sais, je peux très bien vivre sans. J'en ai rien à foutre, moi, de ton alcoolique! Et puis as-tu bien pris le rendez-vous? Qu'est-ce qu'il fait, ton Sampas?

Julien est terrorisé. Jamais une femme ne lui a parlé ainsi. Pas en présence de Michel en tout cas, qui retrouve par le fait même une certaine tolérance vis-à-vis de celui qui n'a que le tort d'être fervent. *Ce n'est pas parce que j'ai banni de ma vie toute passion que je dois être intransigeant avec lui. Il a besoin de moi. Sinon il ne m'aurait pas lancé cet appel, ne m'aurait pas supplié. Jamais on n'aura été si insistant. Comme s'il avait peur de faire ce voyage seul. Il s'est entouré d'amour, d'amitié. Il le croit en tout cas. Claude pourtant ne lui apportera que le doute. Je suis sûr qu'elle ne l'aime pas, qu'elle ne l'aimera jamais. Il l'agace. Sa grandiloquence surtout. Elle ne supporte que le jeu. Elle s'adresse souvent à moi, me prend à témoin. Elle croit qu'elle me fascine alors qu'elle m'amuse. J'imagine facilement qu'avant la fin du voyage nous aurons fait l'amour au moins une fois. Je regretterai alors d'avoir pu chagriner Julien, mais j'oublierai rapidement.* La salle est dans une obscurité à peu près totale. La piste est éclairée faiblement. La musique vulgaire que diffusent les haut-parleurs n'a convaincu personne de danser. De toute façon la plupart des tables sont occupées par des hommes en bleu de travail. Claude propose à Julien:

— Et si nous dansions?

— Ici? Tu n'y penses pas.

— Pourquoi pas? Puisque Kerouac, ton Kerouac, s'en accommodait, lui! Pas un snob d'universitaire comme toi! Il ne t'aimerait pas beaucoup, ton petit Jack, tu sais.

— Demande plutôt à Michel. C'est un créateur. Le saugrenu, ça le connaît.

— D'accord! coupe Claude qui se tourne vers Michel. Alors tu viens danser avec la dame?

— Je ne sais pas danser.

— C'est pas vrai!

— Je te jure, je ne sais pas danser.

— Comment tu fais pour faire la conquête de tes femmes? C'est vrai, j'oubliais, tu es un homme fidèle.

— Je t'en prie, fait Julien qui a cru déceler chez son ami une gêne inaccoutumée.

— Écoutez, les mecs, si je vous dérange, faut me le dire!

— Faut pas le prendre comme ça! dit Julien en lui touchant le bras.

— Tu voudrais pas que j'aie l'air parfaitement ridicule, n'est-ce-pas? demande Michel sur un ton détaché.

— Tant pis! fait-elle en se dirigeant vers la table voisine où des ouvriers agricoles parlent avec un accent italien prononcé de la grande période de canicule qui sévit. Elle s'adresse au plus jeune d'entre eux, un géant tout en muscles. Incrédule, il l'écoute en souriant, puis l'accompagne sur la piste.

— Elle est complètement dingue! dit Julien qui prend une longue gorgée de bière. Toutes pareilles. Elles sont toutes pareilles. Elle croit me rendre jaloux. Qu'elle aille se faire foutre!

Qu'est-ce que j'en ai à faire, moi, de cette connasse qui ne sait même pas lire?

Les murs de la pissotière du *Nicky's Bar* sont couverts de graffiti dont aucun ne rappelle le souvenir de Jack. Quelle ville vulgaire, pense Michel, sa verge à la main. Pour la première fois depuis longtemps il est ivre. Il sait qu'il parle avec moins de clarté qu'à l'accoutumée. Ce n'est certes pas Julien qui pourrait lui en faire le reproche puisqu'il somnole sur sa chaise. Remontant sa fermeture éclair, il repère un espace libre où il pourra inscrire son «*Jack lives*». En lettres rouges pour marquer à ses yeux la dérision du geste. Mais est-ce tout à fait pour se moquer de Kerouac? N'est-ce pas plutôt de sa part l'expression d'une certaine solidarité, un geste d'écrivain pour un écrivain admiré, différent, lointain? Et puis pourquoi ne pourrait-il pas lui aussi prétendre à l'immortalité de la littérature? Comme si on se survivait! *Je suis un peu saoul. Il a fallu accompagner Julien, le soutenir. Il a été humilié de voir Claude disparaître avec l'Italien. La première fois de sa vie qu'on lui faisait cet affront! Et la serveuse qui apportait les whiskys soda pendant que sur la scène des danseuses se déshabillaient avec plus ou moins de lasciveté. Ne laisse pas, Julien, la jalousie s'emparer de toi. Tu veux que nous parlions de jazz? À New York nous irons dans toutes les boîtes imaginables. C'était quand la dernière fois? 1976? Tu te souviens des fins de nuit au Sluq's? Nous avions peur tous les deux de sortir en pleine nuit dans les rues du East Side. Be careful man! You can always get killed around here.* L'autre qui n'écoute pas, qui traite sa petite amie de tous les noms. Deux entraîneuses font le tour des tables, outrageusement maquillées, vêtues de robes légères et démodées. Julien raconte qu'à la fin de sa carrière Billie Holiday a chanté à Lowell dans un club minable. Rien d'étonnant puisque tout est minable ici. La déchéance de Kerouac qui ne trouve rien de mieux que de revenir sur les lieux de l'enfance. Michel referme derrière lui la porte des toilettes, essaye d'imaginer l'écrivain déchu privé d'une courte célébrité, exiger qu'on lui offre à boire. Il insulte tous ces piliers de bar qui ne savent rien faire que de perdre leur temps à trinquer. Lui ce n'est pas la même chose, demandez-le à Mémère, il s'enferme pour écrire, pour écouter de la musique, une musique qu'ils ne sauraient comprendre. Espèces d'enfoirés! Avaient-ils comme lui parcouru l'Amérique, visité l'Europe, l'Afrique du Nord? Avaient-ils récité de la poésie en public, vivaient-ils de leurs droits d'auteur, recevaient-ils la visite de nombreux admirateurs? Pas question de leur dire qu'il craignait de ne pouvoir écrire désormais, qu'il avait très souvent l'impression d'avoir tout dit. Que raconter lorsque la vie ne nous apprend plus rien? Seul l'alcool désormais l'apaisait. Fini le temps de la drogue, des bravades. Trop vieux! Au contraire, le respecter, ce pays qu'il avait tenté de conquérir. Avoir tout fait pour être un Américain comme les autres et finir *canuck* comme au départ! N'était-ce pas suffisant pour passer ses journées à boire? Vous et votre bière, votre travail de nuit à la filature, vous n'allez pas me faire chier, hein! Si je porte toujours la même défroque répugnante c'est que j'en ai décidé ainsi. Autrement je n'aurais qu'à faire signe à mon éditeur et hop! On ne résiste pas à Jack Kerouac. Allez, paye-moi une dernière bière! *Il ne faut pas que Julien s'endorme. La belle affaire si je ne parvenais pas à le réveiller! Le divertir en lui parlant de son héros. Le seul moyen de l'empêcher de songer à Claude.* Michel eut alors une pensée pour son père. Avait-il réussi à s'endormir sans trop d'ennui? Parfois il rêvait la nuit à un coup de dague qu'il lui assenerait pour mettre un terme à sa souffrance. Qu'il était loin le temps de la révolte! L'incompréhension était toujours présente mais dénuée de toute signification. Plus question de chercher en son père la moindre compréhension. Auprès de qui au reste obtenir ce réconfort? Le vieillard ne vivait plus qu'avec sa détresse, ne pouvait plus rien donner ni recevoir. N'en finissant plus d'agoniser, trop lucide probablement pour croire aux paroles dérisoires de soulagement que le fils récitait le moins machinalement possible. *Étonnant de voir à quel point je ne veux plus être «compris». Je n'attends de Mélanie qu'une qualité d'attention. Trop fatigué pour souhaiter un effacement de la personnalité de l'autre, trop fatigué pour désirer un amour qui nous ravagerait tous les deux. Très souvent soulagé à la pensée de ne pas être l'homme qu'elle a le plus aimé. Comme si j'étais arrivé dans sa vie à point nommé.*

En somme, prétendait Julien, l'affaire était bien amorcée. D'abord réticent, Tony Sampas s'était montré d'une parfaite urbanité. Les conduisant dans son auto à travers Lowell endormi, il leur avait montré la maison de *Lupine Road,* le pont de *Moody Street,* les petites rues de Pawtucketville, l'église

Saint-Jean-Baptiste. D'où venait que Michel se sentait ému pendant ce pèlerinage improvisé? Seul sur la banquette arrière, entendant la voix nasillarde du guide, à peine distrait par la main de Julien qui jouait dans le cou de son amie, il ne pensait plus qu'à la mort. Pas à la sienne. L'âge venant, il s'en préoccupait beaucoup moins. Qu'il ait le temps de jouir du compagnonnage de Mélanie, qu'il puisse la toucher, la voir sourire, la surveiller dans ses gestes d'une si exquise délicatesse. Accueillir tous les deux le sentiment de la fin prochaine mais ne pas se révolter en vain. Entrer plutôt dans la mort avec un désespoir lucide. Mélanie serait cette femme qui l'accompagnerait avec fidélité et générosité. La mort. Celle de Kerouac. Comment est-elle survenue déjà? Revoir les pages du livre de Charters à ce sujet. Ils disent que les écrivains ne meurent pas, qu'ils vivent dans leurs livres. Les laisser ânonner. La littérature apporterait donc la survie? De Jack il ne reste rien dans cette ville. En quittant Montréal il savait qu'ils poursuivaient une chimère, il avait la quasi-certitude que l'essai à quatre mains sur Kerouac ne serait jamais écrit et pourtant il s'était mis malgré lui à rêver l'impossible. Kerouac n'avait pas laissé de traces! L'évidence. Et l'autre qui de sa voix faubourienne défend le beau-frère célèbre contre les attaques des bien-pensants de Lowell. Le laisser dire que Jack buvait peu, qu'il était catholique fervent, grand liseur, homme rangé. L'auto roule lentement dans *Phebe Avenue*. Des bungalows petits-bourgeois en enfilade. Claude dit qu'elle a chaud et qu'elle va rejoindre Michel.

— *What did she say?*

Julien rit nerveusement.

— Mais tu avais froid tout à l'heure!

— Et maintenant j'ai chaud, voilà! *Excuse me sir. Could we stop just a minute? It's so hot in here. If I could only go on the back seat?*

— *No problem.*

L'auto s'arrête. Julien se lève pour laisser passer Claude qui se lance en riant sur la banquette arrière en saisissant au passage la cuisse de Michel. L'auto se remet en marche. Julien qui avait été assez silencieux au début de la randonnée parle sans arrêt. Son débit est lent. Il cherche ses mots, qu'il prononce de façon très approximative. Et puis l'alcool ne l'a pas aidé. Combien de whiskys a-t-il enfilés pendant que Claude dansait avec son Italien? Il a sorti son bloc, prend des notes. Les caresses de Claude deviennent de plus en plus explicites. Michel guide sa main. Les doigts qui s'appliquent à faire glisser la fermeture-éclair. Le crâne dénudé de Tony Sampas reçoit l'éclairage d'un réverbère. Claude pose une question tout en mettant la main à l'intérieur du slip de Michel. Sampas raconte que Jack se sentait heureux à Lowell, qu'il affectionnait particulièrement leur famille. Nous sommes Grecs, il trouvait chez nous une chaleur, une compréhension. Vous savez que c'est à cause de notre frère Alex qu'il s'est mis à écrire? Ce qu'ils pouvaient lire, ces deux-là! *Quand je mourrai, qui viendra sur les lieux de mes premières années? Heureusement mon père menait une vie plutôt itinérante. Où donc s'est passée mon enfance? Et qui donc s'intéresserait à ce qui ne retient même pas mon attention? J'ai tout fait pour oublier ces années où je n'avais pas découvert encore mes moyens de défense. Ma vie a-t-elle été autre chose qu'une constante simulation? J'ai été joueur dès que j'ai pu l'être. Faire semblant de vivre, de parler. Il me semble parfois qu'un jour on découvrira que je n'ai été qu'un fantôme. S'il se trouve des êtres assez étranges pour se préoccuper de moi dans cinquante ans, ils en seront quittes pour leur peine. Les lieux m'ont peu marqué. Je n'aime que Montréal en vérité, je l'aime comme une habitude réconfortante.* Rien n'est moins stérile que ces interrogations sur l'avenir, mais oubliera-t-il jamais ces moments de félicité? À minuit dans une auto spacieuse conduite si lentement qu'on ne ressent presque pas les accidents du pavé, la sensation d'irréel de cette voix grave qui évoque le passé, l'excitante présence de cette main sur son corps. Combien d'années se sont écoulées depuis la décision de ne jamais plus provoquer les occasions, de fuir même, décision provoquée par le seul souci d'éviter les complications? Il y avait bien aussi le désir d'épargner Mélanie malgré le pacte de parfaite liberté qu'ils ont imaginé aux premiers jours de leur vie commune. Ne jamais rendre de comptes. Comme si c'était possible. Il y a quelques minutes il songeait à Mélanie avec attendrissement, maintenant il enserre la taille si fine de Claude, écarte les jambes autant qu'il le peut afin de mieux jouir. Elle ose même se pencher et poser pendant quelques secondes ses lèvres sur son sexe. Elle se relève furtivement lorsque Julien s'adresse à elle d'une voix très caressante.

— Tu as moins chaud? demande-t-il.

— Ça va ça va, répond-elle en accentuant le rythme de ses saccades.

Elle regarde Michel en souriant. *Pauvre Julien! Comment réagirait-il s'il apprenait que? Je ne ferais rien pour l'humilier. Avec lui j'ai toutes les délicatesses. Mais arrive une femme et j'oublie tout. S'arranger pour qu'il ne s'aperçoive de rien. On verra bien plus tard pour ce qui est des précautions à prendre. Ménager l'amour-propre. Mais surtout jouir. Ses doigts sur moi qui me caressent.* Elle sort rapidement un mouchoir de son sac et continue l'opération. Lorsque l'auto arrive à la hauteur du *Nicky's Bar*, Julien offre une tournée. Claude annonce qu'elle est épuisée et demande à Michel de la raccompagner au motel.

Les yeux rougis par l'alcool et l'absence de sommeil, Julien vantait les mérites du petit déjeuner à l'américaine. La salle à manger du *Holiday Inn* était déserte, la clientèle des voyageurs de commerce se levant tôt. Attaquant avec ferveur les oeufs sur le plat qu'il avait commandés, il affirmait que c'était la façon idéale d'entreprendre une journée. Comment pouvait-on espérer travailler en ne mangeant que des croissants? Chaque fois qu'il allait en France il pestait contre les petits déjeuners dans les hôtels. Il aimait d'ailleurs peu Paris et ne manquait jamais une occasion de s'en prendre à ce qu'il appelait de façon abusive le colonialisme français. Il acceptait tout de l'Amérique qu'il opposait toujours à l'Europe. À l'époque où Michel se mêlait encore de discuter des choses qui lui tenaient à coeur, ils se livraient tous les deux à des discussions passionnées et inutiles. Depuis qu'il ne trouvait devant lui qu'un adversaire qui refusait de l'être, se contentant de sourire. Julien était moins féroce dans ses attaques. Pour l'heure il mangeait. Des bouchées franches et généreuses. À croire qu'il n'avait rien ingurgité depuis une semaine.

— Vous savez à quelle heure je suis rentré? fait-il la bouche pleine.

— Moi, je n'ai rien entendu, répond-elle d'un air narquois en fixant Michel qui ne bronche pas.

— Tu ne t'es pas contenté d'un *nite cap*?

— Tu penses! Tony Sampas n'a jamais voulu que je lui paye un verre. Le bar appartient à son frère. Au bout de dix minutes il était parti. Je suis resté. Je n'avais pas sommeil.

— T'as regardé des nanas? Pas très sérieux pour un universitaire! Si ton chef de département t'avait vu!

— J'ai fait bien pire.

— T'as suivi une entraîneuse?

— C'est toi qui le dis.

— T'as suivi une de ces affreuses bonnes femmes!

— La vie privée d'un homme…

— … ne regarde que lui, d'accord. En tout cas je ne t'ai pas entendu rentrer.

— Pourtant j'ai heurté le pied du lit. Dans la noirceur…

— Je me suis endormie presque tout de suite, dit Claude en pressant son genou contre celui de Michel.

— Et toi? demande Julien.

— J'ai lu jusqu'à trois heures, répond Michel qui indique du regard le livre de poche qu'il a posé à l'extrémité de la table.

— Du Kerouac, j'espère, Julien ne te le pardonnerait pas. Mais non. Henri Calet. Connais pas. C'est bon?

— Très.

— Moi je n'ai pas lu quand on s'est quittés. Trop fatiguée pour ça.

Elle lui avait dit qu'après l'amour il lui fallait toujours dormir. Comme il n'était pas question de faire de la peine à Julien, elle avait demandé à Michel de déguerpir sitôt après. Il s'était rhabillé rapidement, pas très fier de son comportement en présence de cette jeune femme. L'impression d'avoir assez mal fait l'amour, d'avoir été un peu ridicule. Elle l'avait questionné sur ses livres, ses idées en politique, sur ce qu'elle appelait son «expérience de la vie». Il s'en voulait d'avoir répondu avec trop de liberté. Peut-être avait-il été fat de s'imaginer qu'une fille aussi spontanée, aussi délurée que Claude pût être aussi intéressée à ce qu'il avait à dire. Fidèle à son habitude il avait bien essayé de lui poser des questions, de l'interroger sur ce qu'elle pensait, mais elle s'esquivait très habilement. De l'acte lui-même lui resterait le souvenir gênant d'une méprise totale. Et quand elle avait déclaré au moment de l'extase qu'elle l'aimait, il avait revu Mélanie disant les mêmes mots. Il valait bien la peine d'éviter soigneusement les contacts compromettants avec les étudiantes à l'Université, au risque de passer pour plus timide qu'il ne l'était, pour succomber à la première occasion. Claude lui a appris qu'elle ne refuse jamais une occasion de faire l'amour. Elle emploie le mot «baiser» en appuyant sur la première syllabe et en le regardant d'un air complice. Surtout avec les hommes plus âgés. La quarantaine au moins. Les hommes ne deviennent délicats que petit à petit. Elle «baise» dès qu'un homme lui plaît. Dès qu'elle l'a vu elle s'est promis de coucher avec lui. Ne le regrette pas. Très intéressant, les écrivains. Tu as connu les autres femmes dans la vie de Julien? Comment étaient-elles? Il en a eu beaucoup?

— Mais à quoi songes-tu? Tu sembles très loin, mon pauvre vieux!

— Il s'ennuie de sa femme, dit Claude.

— Si tu connaissais Mélanie, reprend Julien. Une femme merveilleuse.

— Moi, je ne suis pas merveilleuse?

— Mais si on le laissait nous répondre. À quoi pensais-tu?

— À ma salle de travail. Je ne sais pas pourquoi, remarquez. Je n'ai pas tellement l'intention d'écrire. Mais j'aime bien y être.

— Tu t'ennuies avec nous?

— Laisse-le, Claude. Mais qu'est-ce que nous avons au programme aujourd'hui?

Julien s'essuie les lèvres, le menton. Les traces de jaune d'oeuf disparaissent. La serveuse offre son café imbuvable que personne ne refuse.

Tout en bas le Merrimack roule en cascades. Sur le pont qui sépare les deux rives, Michel tient compagnie au *Father* Morrissette. À peine s'il peut apercevoir Claude et Julien qui se sont éloignés, le long de la berge, appareils-photo en main. Parfois un automobiliste salue au passage le prêtre qui s'empresse de lever son bras en signe de reconnaissance. Un autre aspect de Lowell qui apparaît, celui d'une petite société catholique bien docile. Le Petit Canada du temps de Kerouac s'est transformé. Les Canadiens français qui travaillaient à l'époque dans les filatures de coton ont gravi les échelons de la hiérarchie américaine. Ce sont maintenant les Porto-Ricains qui fournissent la main-d'oeuvre à bon marché. Cet après-midi de juillet ensoleillé lui renvoie des images de douceur. Il se sent pour quelques minutes revenu au calme de l'enfance. L'âge de la vie où tout semble possible, où on s'imagine qu'il suffira de vouloir changer son destin. Imaginer Ti-Jean Kerouac en enfant de choeur. La hantise de la mort toujours présente de son frère Gérard. Enfant timide que ce Ti-Jean. *Father* Morrissette l'affirme. Sûrement empressé d'aller raconter au prêtre ses premiers désirs, ses premiers attouchements. Les péchés contre la chair, ainsi qu'ils disaient, obsession primordiale de ce catholicisme de pacotille importé d'Europe et transformé à la manière du Québec. Plutôt trapu, très vif, le prêtre est conscient de la chance qu'il a eue de côtoyer un écrivain important. Il donnera tout à l'heure une interview que le magnéto de Julien enregistrera fidèlement. Il s'offre même à intervenir auprès de personnes ayant connu Jack dans les dernières années de sa vie. Seraient-ils curieux de parler à Joe Chaput qui accompagna Kerouac à Rivière-du-Loup? Julien ne refuse rien. Même Michel se sent malgré lui piqué par la curiosité. Le Père Morrissette que l'on surnomme «*Spike*», que l'on salue en anglais très souvent et à qui on parle dans un argot franco-américain aussi attachant qu'humiliant pour les trois Québécois qui entendent cette caricature de leur propre langue. Le prêtre ne semble pas très à l'aise avec Michel, l'estimant peut-être un peu distant. Il attend le retour de Julien avec qui il se sent vraiment de plain-pied. Ne déteste pas non plus taquiner Claude qui fait tout pour le provoquer. Vous avez vu le chemin de croix? demande *Father* Morrissette. Michel répond distraitement qu'ils se proposent d'y aller en fin d'après-midi. Se retenir de lui dire que tout ce qui touche à cette religiosité lui paraît pitoyable. Son enfance a baigné dans cette atmosphère médiocre. Il n'en a pas été marqué, certes, mais il ne voit vraiment pas pourquoi il retournerait à cette bimbelotterie saint-sulpicienne. Que raconte-t-il donc sur l'artiste qui a conçu le chemin de croix? Michel n'écoute plus, il pense à l'échec de la naissance. Rien ne compte que l'humiliation première. La poursuite du bonheur que l'on sait inutile et dérisoire est exaltante. On s'en aperçoit de plus en plus. La cinquantaine dont il s'approchait chaque jour lui donnerait peut-être un sentiment d'appartenance au monde? Il en doutait de plus en plus. Un étranger à lui-même et aux autres, voilà ce qu'il était. Le matin même il s'était glissé hors de la chambre, évitant de refermer la porte avec trop de bruit pour ne pas réveiller Claude et Julien, songeant à son incartade de la veille. De plus en plus persuadé d'avoir été trop léger. Puisque de toute façon Claude ne l'attirait même pas. Il sourit pourtant en marchant dans le corridor comme auraient souri tous les hommes qui auraient fait l'amour avec cette femme en songeant à ses fesses si rondes, à ses cuisses fermes et chaudes. Il sourit parce qu'il était un homme, qu'il avait en lui cette conscience un peu vaine et vide de sa virilité. Point n'était besoin pour cela d'avoir fait l'amour convenablement. Que la femme crie sous lui, qu'elle s'agrippe à ses bras et lui laboure le dos de ses ongles, il était content puisqu'il obtenait la permission d'exister comme représentant viril de l'espèce. Humer l'air un peu après ces pensées morbides. Le parking du motel empestait l'essence. Déambuler plus loin, le long de la route. Les autos filaient à vive allure. Tant d'années étaient passées qui avaient fait de lui un être instable, lunaire, passible des pires crises de doute, mais il savait maintenant qu'il tiendrait le coup jusqu'à la fin, qu'il ne se suiciderait jamais. Depuis quand avait-il la certitude que tous les êtres humains à des degrés divers étaient aussi désemparés que lui? Tout autour de lui on ne s'occupait qu'à masquer la faille du désarroi. Ne jamais laisser croire qu'on est inquiet, donner le change. Comme si la maladie, la mort, les espoirs toujours déçus n'étaient que des accidents de parcours. Que de conversations sur ce sujet avec Julien! Julien qui se passionnait pour une femme, une idée, un gadget, comme si la vie ne devait jamais avoir de cesse! Peu lui importait de laisser tomber une amie dont il avait dit la veille qu'elle était une femme splendide. Les articles qu'il publiait dans les revues universitaires sur le nationalisme québécois, remplis de contradictions, généreux mais inégaux, qui masquaient les vrais problèmes. Il avouait au reste très facilement que son optimisme était total. Accoudé au parapet du pont, Michel s'aperçoit que le prêtre s'est éloigné un peu. Se serait-il aperçu qu'on ne l'écoutait plus? Julien se moquait souvent des absences de Michel qui ne savait pas prêter l'oreille très longtemps sans être distrait. Seule une conversation autour du jazz pouvait le retenir un peu longtemps. À condition que Julien ne s'écarte pas dans des considérations politiques sur la situation sociale des Noirs aux États-Unis ou qu'il ne se lance pas dans une diatribe contre le *bop*.

Father Morrissette se rapproche.

— Jack venait se baigner ici même, vous savez.

Michel hoche la tête. Le curé a connu Jack adolescent. C'est lui qui a officié lors des funérailles. Le corps de ce pauvre Jack ramené de St. Petersburg, la foire finale avec Ginsberg, Corso, Orlovsky. Il devait bien y avoir des amis d'enfance, la belle-famille, les copains de bar, la foule des curieux. Il avait déplacé tout ce monde, le soûlard qui adorait insulter et provoquer les badauds. *I am Jack Kerouac!* Croyant et ne croyant pas tout à la fois que cette affirmation pouvait changer quoi que ce soit au cours des choses. Ne s'adressait-il pas la plupart du temps à des abrutis qui ne lisaient que les pages sportives du *Lowell Sun,* et pas ses articles à lui, trop compliqués selon les amateurs qui ne supportent que les phrases courtes et factuelles. La célébrité, il savait ce qu'elle apportait, des fils de bourgeois qui venaient l'importuner jusque dans sa chambre, estimant qu'avec quelques bouteilles de bière et un joint ils pouvaient s'arroger le droit de demander au roi des *beat* des recettes de vie. Des recettes de vie! La belle affaire! Il n'avait aucune sympathie pour ces hobereaux de pacotille qui voulaient brûler le drapeau américain, faire de l'auto-stop mais avec l'assurance que s'ils tombaient en panne entre Sacramento et Big Sur des sommes leur parviendraient à la succursale la plus proche de la First National City Bank. Des farceurs, tous! Qui ne savent pas ou qui feignent d'ignorer qu'il faut du renoncement pour écrire de façon acharnée comme lui, pour voyager quand on n'a pas le sou, pour boire ou se défoncer jusqu'au bout de ses limites. Et il se barricadait, faisant dire par Mémère (qui ne demandait pas mieux) qu'il était absent. Regardant la télé ou encore faisant tourner sur l'électrophone un disque d'Artie Shaw ou de Glenn Miller, accompagnant le jeu du batteur avec des coups de fourchette assenés sur le dos d'une chaise, Jack poursuivait son rêve. *Et moi, je sais pourquoi je n'ai pas entrepris de livre depuis sept ans. Je ne veux plus aller au bout de moi-même, m'imaginer en tout cas que j'ai atteint les limites de mon expression. Pourquoi remuer tout ce désordre, ce tumulte intérieur pour ne produire qu'un roman qui ne me satisfera pas et qu'on lira distraitement pour l'oublier tout aussitôt? Je n'ai plus la foi nécessaire à l'écriture. Que puis-je apporter? Qu'est-ce qui me donne la moindre assurance que mes livres puissent former une oeuvre véritable?*

— C'était tout un nageur! Les sports n'avaient pas de secret pour lui. Un athlète, monsieur, comme on n'en voit pas beaucoup!

L'espace d'un éclair Michel revoit la photo de Jack vers la fin de sa vie, les traits empâtés, une bouteille de bière à la main, pendant que Stella à ses côtés ressemble plus à une infirmière qu'à une compagne. Le regard d'un homme qui a compris que la farce est terminée, que le temps de l'effort est révolu. L'échec accepté comme une évidence, reddition faite. Et pendant que Claude qui porte une jupe blanche et un pull orange lui fait un signe de la main, Michel se redit que seul le fascine le Kerouac des dernières années, la face rougeaude, l'athlète au ventre gonflé de bière, qui demandait à Ginsberg de le sucer parce qu'il n'arrivait plus à séduire les filles. L'autre Kerouac, qui s'affichait, qui jouait au dur, il n'en avait que faire. Quand Jack mourant s'est mis à vomir du sang, savait-il que la mort était proche? Avait-il conscience d'une vie ratée? Avait-il la lucidité de croire que toute vie est nécessairement ratée et qu'on ne survit jamais aux rêves de son adolescence? C'eût été la seule question qu'il aurait aimé lui poser. Pour le reste, qu'aurait donné une rencontre entre eux? Que dire à un homme aussi déroutant quand on a avec les étrangers une attitude presque asiatique faite de courtoisie mêlée de réserve? Craignant toujours d'être blessé par l'autre dont l'expérience de la vie le dépassait de cent coudées. Michel, dont l'existence avait consisté en des passions successives tout compte fait très mesurées, aurait-il pu affronter Jack? Apprenant qu'il était lui aussi écrivain, Jack ne lui aurait-il pas demandé de résumer ces pauvres passions? Que lui dire sinon qu'elles étaient les jalons d'une lente entreprise de dépossession puisqu'il ne parlait dans ses livres que de sa maladresse à vivre? Non vraiment rien à voir avec les gargantuesques soûleries, les conquêtes, les explorations, l'écriture généreuse et spontanée. *Lequel de nous deux est le pauvre type? Ai-je raté ma vie? La question même ne m'intéresse plus. Je vis avec Mélanie, je me le rappelle constamment, je suis sûr de l'aimer à ma façon, je ne m'éloigne jamais très longtemps d'elle de crainte de périr. Je n'ai jamais consenti à vivre et ne le regrette pas.* Oui, rencontrer Kerouac malgré tout parce qu'il le fallait pour une émission de télévision ou un colloque d'écrivains, vider avec lui plusieurs verres, prendre toutes les précautions pour ne pas l'indisposer, chercher malgré tout comme les autres à tirer de lui quelques considérations inédites sur la *beat generation*. Parce qu'on ne fraye jamais avec un homme célèbre, une personnalité comme ils disent, sans être tenté d'en profiter un petit peu. Surtout retenir de cette confrontation la certitude de n'être soi-même qu'un être de petite dimension, de n'avoir pas vécu, de n'avoir rien à raconter. On a beau se dire que nombre de soirées auxquelles ont participé Jack et ses amis devaient être ennuyeuses à périr, qu'on devait s'y contenter souvent de la présence de savoureux imbéciles, il n'empêche que l'on sait la vacuité de sa propre vie passée dans la somnolence.

— C'était un bon petit gars, vous savez, reprend *Father* Morrissette. Il venait se confier à moi au presbytère parfois. Je me souviens qu'une fois il m'a dit qu'il voulait écrire. Je l'ai encouragé à faire des études universitaires. Il me disait qu'il voulait écrire pour les Franco-Américains. Les sortir de leur ghetto en quelque sorte.

— À la fin vous le voyiez?

— Pas réellement. Il était resté très religieux. C'est drôle on n'en parle jamais. Vous avez lu *Docteur Sax*?

Claude et Julien remontaient la berge en se tenant la main. Le prêtre évoqua de nouveau la piété de l'enfant qu'avait été Kerouac pendant que Michel ne pensait plus qu'aux nuages qui couvraient le soleil et à Mélanie qui à cette heure devait rentrer du travail.

— As-tu déjà vu quelque chose d'aussi cucu? demandait Julien en arpentant l'allée du chemin de croix. On se croirait à Lourdes. Aussi tordu que ce que les Français ont pu inventer!

Il exagérait le plaisir que lui donnait le spectacle pour ne pas paraître trop déprimé aux yeux de son ami. Ne lui avait-il pas confié tout à l'heure que Claude lui avait dit des choses terribles la nuit dernière? Un peu plus et il lui aurait révélé la teneur de ses propos mais Michel avait habilement changé le sujet de la conversation. En savoir le moins possible sur les autres pour ne pas être distrait par des relents de passion. Quelques jours plus tard l'ami se confierait et il l'aiderait.

— Que pouvait bien penser Kerouac de tout cela à la fin de sa vie? demanda Michel qui avait commencé à songer à New York où ils seraient dans deux jours.

Julien ne l'entendit pas. Il regardait avec attention la première station située tout près de la demeure funéraire où le corps de Kerouac avait été exposé. Une vitre protégeait l'oeuvrette d'une pitoyable médiocrité. Appuyée à la clôture, Claude surveillait les jeux des couventines au costume identique et impeccable. Autre exemple d'un monde québécois qui s'était perpétué malgré l'évolution des moeurs. Michel pensa brièvement à la foi qu'il avait jadis, nourrie de symboles de cet acabit. *À quand remonte le dernier chemin de croix que j'ai suivi avec conviction? Avais-je dix ans? Onze? Je me suis écarté de tout cela parce que je ne croyais pas à la douleur, au péché, à la rédemption. Je ne m'interroge plus sur ces choses depuis longtemps. Pareil en cela à la très grande majorité de mes amis, de mes collègues. Les étudiants n'ont même pas connu ces parodies de religion dans leur enfance. J'y songe maintenant parce que je suis dans un monde passéiste. Je déteste Lowell comme je déteste le quartier de mes douze ans. Je n'aime pas retourner vers mon passé de toutes façons. D'où vient que je tienne tant à revoir Andrée à San Francisco? Pourquoi tant tenir à me rassurer, sinon parce que j'ai été marqué dès le début par la culpabilité? Comme s'il me fallait expier un péché à tout prix.* Claude était fascinée par une petite Noire, portoricaine peut-être, aux nattes finement tressées, qui dansait à la corde avec une grâce toute féline. *Songe-t-elle aux années pas tellement éloignées où elle pratiquait elle-même ces jeux? Elle n'a pas plus de vingt-cinq* ans . Depuis l'intervalle amoureux elle n'a rien modifié de son comportement. Elle continue à traiter Michel en camarade, lui touchant parfois l'épaule ou le bras pour lui indiquer une perspective intéressante mais sans insister. Auprès de Julien les apparences sont sauves. Elle n'a encore rien dévoilé, c'est l'évidence. Car comment Julien réussirait-il à dissimuler son trouble? Les choses terribles qu'elle lui a dites il y a quelques heures ne concernaient pas Michel.

— Je me demande si ce chemin de croix est encore fréquenté. C'est bien possible… après tout ils…

Julien n'avait pas terminé sa phrase qu'une femme toute de noir vêtue s'approchait de la première station qu'il venait de quitter. Pris de fou rire, il se dirigea vers Claude. *Depuis que j'ai couché avec elle, je me crois obligé d'appeler Mélanie tous les soirs. Pour me rassurer. Il n'y a pas lieu de faire une histoire de cette passade mais je ne saurais être en paix avec moi-même si je ne lui téléphonais pas. Dès que j'entends sa voix du reste je suis rassuré. Il me semble que je ne l'ai pas quittée, que je me promène encore dans la maison, que je peux lui parler, faire jouer des disques, lire, la sentir présente. À peine si parfois l'inquiétude pointe parce qu'elle ne me paraît pas tout à fait disponible. Normal que je l'embête un peu, qu'elle préfère être seule. Ne suis-je pas exemplaire sous ce rapport, moi que rien ne distrait d'un soliloque dont je n'attends rien mais qui me bercera jusqu'à la fin?* Le désir de tout abandonner pour rentrer auprès d'elle. Et ce qu'il abandonnait n'existait même pas. D'accord, Julien ne cessait pas de s'affairer, d'inscrire même des titres éventuels, mais est-ce que cela signifiait que les deux amis collaboreraient à la rédaction de cet ouvrage? Michel n'avait pas écrit une seule ligne ni pris aucune note en plus d'une semaine. Repartir et reprendre en toute quiétude les dialogues interrompus avec Mélanie plutôt que de faire croire encore plus longtemps qu'il n'attendait que le moment de se mettre à l'oeuvre. Julien hésitait encore entre *Dans les pas de Jack Kerouac* et un titre à résonnance universitaire. À vrai dire il n'avait que ce sujet en tête. C'était pour lui une façon privilégiée de raffermir sa réputation un peu chancelante à la Faculté. À Michel qui ne comprenait pas son besoin de se faire remarquer à tout prix il rétorquait qu'un Québécois à l'Université était toujours menacé par les professeurs étrangers. Pourquoi un livre alors? Aussi bien donner des réceptions, inviter des gens en vue. Non, mais le prenait-il pour un arriviste? Ce qu'il voulait, c'était affirmer sa valeur intellectuelle. Au milieu de tous ces gens qui écrivaient des livres il lui fallait le sien! Michel se retenait de protester. Et puis pourquoi avoir choisi de l'écrire avec lui? S'il craignait l'ampleur de la tâche, il pouvait toujours s'adjoindre un autre collègue. D'autant qu'ils n'avaient pas encore réussi à se parler vraiment en amis. Les moments qu'ils n'employaient pas à travailler s'écoulaient en discussions, en considérations inutiles sur Kerouac. Ne devaient-ils pas faire un voyage d'amitié?

Tout au bout de chemin de croix une grotte consacrée à la Vierge était creusée dans le roc. Tout au-dessus un sentier pentu menait au Christ en croix. Agrippé au garde-fou, Michel regardait couler le Merrimack. Sur l'autre rive, la verdure donnait un certain air de beauté tranquille à la ville industrielle. Claude s'approcha, lui toucha la main et se retira aussitôt. Michel sourit. Il avait besoin d'une présence qui ne soit pas agressive. Avec Julien qui lui ferait bientôt des confidences, qui souffrait à l'évidence, il ne voulait plus qu'un peu de tendresse. Le Merrimack pouvait seul paraître attachant à l'adulte Kerouac. Il avait sa majesté. Pour le reste l'écrivain qui se réfugie à Lowell ne fait que retrouver une enfance qui aurait pu se dérouler n'importe où. En 1962, Jack écrit à Joseph Stam qu'il n'est pas barbu, qu'il ne se promène pas pieds nus, que tout ce qu'il veut c'est parcourir l'Amérique à la recherche de femmes. Le retour chaque automne vers la mère, la promesse faite au père mourant de ne jamais l'abandonner. Ginsberg avait beau lui dire qu'il aimait lécher le cul merdeux de Mémère, rien n'y faisait. Il revenait fidèlement comme un enfant qui a conscience d'avoir trop osé. Il aimait trop sa mère peut-être? Qui pouvait en juger? Les petites putes de Frisco et de Greenwich valaient-elles Gabrielle Lévesque, femme de Léo? Se seraient-elles occupées de lui sans relâche, auraient-elles travaillé en usine pendant qu'il lisait, qu'il prenait des notes au sujet des romans wolfiens qu'il écrirait plus tard? Il est vrai qu'il était très beau, qu'il était toujours possible qu'une femme accepte de renoncer à tout pour lui. Ne les poursuivait-il pas de ses serments, de ses déclarations d'amour? Un être qui cherchait les attaches très fortes pour les rompre au bout de quelques semaines. L'appel de la liberté.

Michel rend à Claude sa caresse. Elle le remercie d'un sourire. Julien redescend le petit sentier, s'approche de la dernière station du chemin de croix. Avançant puis reculant, il cherche l'angle propice, ajuste son appareil-photo. Claude se dirige vers lui en chantonnant un blues. À cette heure-ci, Michel en est sûr, Mélanie rentre à la maison sa serviette à la main. La maison jusque-là a été silencieuse. À moins que la femme de ménage ne soit venue. Pourtant non, son jour est le jeudi. Donc elle entre, monte à l'étage pour se mettre à l'aise. De nouveau il ne comprend pas pourquoi il s'est laissé convaincre de quitter cette maison. Puisque nulle part ailleurs il ne parvient à échapper à cette conscience du temps. C'est comme si les jours ne comptaient plus. Une maison représente pour lui tout l'univers. Il n'en apprécie pas plus qu'il faut l'architecture, il ne jurerait pas qu'elle n'est pas franchement laide avec ses baies vitrées trop grandes, sa corniche inutile. Pas plus qu'il ne s'interroge sur le fait qu'il habite chez Mélanie, qu'elle pourrait le chasser à la suite d'un simple malentendu et qu'il n'aurait rien à redire, aucun droit à réclamer. La maison comme une coquille dont on ne sort que par obligation. Puisque toute ambition l'a quitté, toute tension aussi. Prêt à accueillir le vide en lui. Il sait maintenant que l'homme ne doit avoir qu'un seul espoir, celui de s'en dispenser.

Lowell vivait doucement cette journée de juillet. Les autos roulaient avec discipline, tout en bas le Merrimack paisible appelait au calme. Jack s'épongeant de sa chemisette après un plongeon dans ces eaux. L'inondation du Merrimack au printemps de 1936, les pauvres gens dont les demeures sont inondées. Sans crier gare une autre image, la baie de San Francisco et ses petits voiliers. Andrée, ses colères, ses désespoirs. Quelques moments brutaux de leur séparation lui viennent en mémoire qu'il chasse rapidement. La certitude de l'avoir brisée, ne croyant même plus aux mots qu'il lui disait, ne pas s'en faire, le temps effacerait tout, elle rencontrerait quelqu'un. Ces prétextes repris depuis toujours par celles et ceux qui veulent partir. N'importe quoi pour pouvoir enfin se dire que la voie est libre, qu'on ne dépend plus que de soi. Ces dernières années, deux fois il s'était rendu à San Francisco sans même essayer de lui faire signe. Mélanie avait effacé en lui tous les stigmates de cette vie tourmentée. D'où venait que depuis quelques mois il lui arrivait de se préoccuper de son bien-être, de s'inquiéter de ce qu'elle vivait peut-être seule dans cette ville? Elle était mariée, avait un enfant, mais si elle était déjà séparée? Tant d'années à la bannir de sa vie, voire à la tenir pour dangereuse, puis ces interrogations incessantes. La dernière fois, Mélanie l'accompagnait à San Francisco, il avait même craint de rencontrer Andrée par hasard à la sortie d'un restaurant ou dans un musée. Ayant en mémoire les paroles «irréparables» qu'ils avaient échangées lors du divorce, il frémissait à la seule pensée de devoir l'affronter. Le temps encore l'avait porté à modifier son attitude. La revoir pour assurer malgré tout une continuité. Au temps de leur vie commune il avait joué malgré lui au jeu des ruptures. Il disparaissait pour quelques jours, sans préciser la date de son retour, la laissant sur un coup de tête, à la suite d'une dispute ridicule, sachant au fond de lui qu'elle serait là à l'attendre. La riposte ne tardait jamais. Une semaine plus tard elle s'absentait sans préciser sa destination. Ainsi les deux amants s'amusaient à se faire mal, à susciter des espoirs qui jamais ne duraient. Tant d'années plus tard, il ne se reconnaissait plus dans cet homme irascible, prêt à tout pour une idée si fragile du bonheur. Plus de coups à donner ni à recevoir. Bien prévenu en tout cas contre l'emprise qu'on croit avoir sur les autres. Il n'était plus tout à fait le naïf qui paraissait devant les êtres dans toute sa vulnérabilité. Aucune femme, à part Mélanie, du moins le croyait-il, ne pouvait prétendre dorénavant à être aimée de lui. Il n'était pas du tout mécontent de ne pas avoir donné suite à l'amorce d'aventure avec Claude. Il n'avait pas eu à combattre puisque la jeune femme non plus ne semblait pas en éprouver le désir.

Michel avait complètement oublié la présence de Julien qui le fit sursauter en maugréant:

— Il y a quelqu'un là-bas qui n'est pas très content. Je ne comprends pas ce qu'il dit, remarque.

— Tu ne vois pas? dit Michel en indiquant Claude assise par terre près de la statue de la Vierge. Un vieil homme s'approchait d'elle, furieux.

— *What are you doing there? Don't you know this is a sanctuary?*

Le protestataire brandissait sa canne en direction de Claude qui se mit à rire très fort. Elle se leva avec une agilité étonnante.

— Il veut peut-être que je lui montre mon cul? fit-elle en lui tirant la langue.

— *I am going to report you to the police!*

— *Have it your own way!* répliqua Julien qui n'était pas peu fier de sa riposte.

— Je crois que nous faisons mieux de déguerpir...

— Vraiment? On était bien ici pourtant. J'allais justement me mettre à poil. Et puis qui est-il ce bonhomme? *Tell me are you Doctor Sax or something?*

Ils eurent un peu l'impression de trahir Kerouac en quittant Lowell. Pourtant la vie avait suivi son cours depuis 1969. Des êtres étaient nés, d'autres étaient morts, des immeubles avaient été détruits, la ville se transformait. Le trio de visiteurs qui pendant dix jours avaient arpenté les rues du centre-ville et du Petit Canada, émus malgré tout de l'image déformée du Québec que leur renvoyait cette ville de province, se sentaient en cette fin d'après-midi carrément nostalgiques. Un peu comme leur héros habité par la culpabilité parce qu'il abandonnait Mémère pour une autre traversée de l'Amérique, ils avaient déjeuné une dernière fois dans un *steak house*, évoquant le voyage qui les mènerait à New York. Le désir véritable de Jack, l'appel incontrôlé de la liberté devait venir quelques jours plus tard lorsque l'image de Neal Cassady s'imposa plus fortement que celle de la mère, lorsque la volonté de jouissance chassa le fantasme bien catholique de la faute. À bord de leur Chevrolet louée, ils venaient de s'engager sur l'autoroute 95. Dans combien d'heures atteindraient-ils New York? Julien avait tenu à conduire même s'il ne prisait pas les autos américaines. L'indicateur de vitesse ne l'inquiétait guère. Tant pis si une patrouille survenait. On ne va pas à la suite de Kerouac en mettant la prudence de son côté! Julien disait qu'il quittait Lowell à regret, pourtant il tournait le dos à la petite ville étriquée et ridicule avec le plus de célérité possible. En cette journée de juillet les bars de Lowell s'emplissaient peu à peu. Jack aurait pu y être encore, sale, repoussant, gueulard. Il aurait pu continuer à détruire sa légende, à devenir vraiment et uniquement un soûlard perdu dans un coin de province et se souvenant à peine du passé. Pour s'amuser ils avaient demandé à des passants si le titre de *On The Road* leur disait quelque chose. Ils n'avaient reçu que bien peu de réponses affirmatives. Encore moins de témoignages traduisant un certain sentiment de fierté. Les jeunes d'un *high school* avaient paru flattés. Une vieille dame s'était offusquée. N'était-ce pas un voyou qui avait été la honte de la ville tout entière?

— Il est quand même inadmissible, dit Julien, que ces idiots n'aient pas une admiration sans borne pour un homme qui a sorti leur ville de l'obscurité. Pourquoi venir à Lowell sinon pour Kerouac? Non, mais vous avez repensé à ce gros plein de suif en bermudas qui...

— Elle dort...

Recroquevillée sur la banquette arrière, les pieds nus, Claude semblait roupiller. Julien reprit la conversation en chuchotant presque.

— Tu sais ce qu'elle m'a dit hier? Elle veut rentrer à Montréal.

— Elle t'a dit pourquoi?

— Elle a le vague à l'âme. Je sais aussi qu'il y a autre chose. Elle veut me laisser tomber, je le sens.

— T'as l'habitude.

— Sois pas méchant. Elle va partir. J'aurai de la peine. Je m'étais dit que cette fois c'était sérieux. Je n'ai plus tellement le goût de courir. L'âge, bien sûr. Elle ne peut pas comprendre que je sois un peu jaloux.

— Jaloux, toi?

— Mais oui. T'as remarqué comment elle peut flirter sans cesse. Je peux pas le supporter. Même quand elle te parle, tu vois, je suis inquiet, alors...

— Elle t'a fait une scène?

— Tous les soirs depuis le début du voyage. Elle dit que je suis trop vieux pour elle, que je suis prétentieux. Je n'ai que des défauts à l'entendre. Tu sais ce qu'elle m'a dit hier? Une scène terrible, elle criait à fendre l'âme. Tu n'as rien entendu? Elle disait que je t'ai entraîné dans ce voyage parce que j'avais peur d'écrire seul, parce que je voulais profiter de toi. Elle est bonne, tu trouves pas? Comme si je n'avais rien écrit dans ma vie.

Julien parlait à voix vraiment basse, les lèvres serrées par la colère. La détresse de la veille (n'avait-il pas, devant une station du chemin de croix, regardé Michel comme une bête apeurée?) avait laissé place à l'indignation. Se sentant victime d'injustice, il souhaitait peut-être une confrontation à trois. Claude dormait vraiment. Sa poitrine se soulevait avec régularité. Comme elle pouvait paraître jeune!

— J'étais même prêt à lui proposer le mariage, tu te rends compte? À quarante ans passés, je peux bien songer à me caser. Je ne pensais pas que l'amour… pourrait me… faire souffrir à ce point.

La voix étranglée par l'émotion. Nous serions dans un bar, pense Michel, et il ne se gênerait pas pour pleurer. Protégé par la noirceur, il… Dire que j'ai moi aussi connu ces tourments, que j'ai cru souvent que sans la présence d'une femme tout était terminé.

— Elle ne se gêne même pas pour se moquer de moi. Non mais vraiment, tu crois que je suis prétentieux? Il me semble que je sais écouter, non? Je suis bien un peu égoïste comme tout le monde. Pas quand nous faisons l'amour. Elle me l'a dit souvent, je suis un bon amant.

L'affirmation péremptoire. Il faut que virilité s'affirme. La ridicule assurance des mâles, qu'ils n'acquièrent que pour ne pas s'effondrer. Faire face à des êtres dont le mystère et la sexualité vous seront toujours impénétrables, admettre une fois pour toutes que vous n'aurez droit qu'au côté superficiel des choses. Aimer ce flou des relations car autrement il n'y aura jamais d'amour raisonnable. Les yeux de Julien, traqués, fiévreux. Ne plus supporter d'être à ce point bouleversé, la promesse qu'on se fait à soi-même et qu'on n'a aucune difficulté à tenir.

— Qu'est-ce que tu ferais à ma place? Essaierais-tu de la retenir?

— Tout sauf ça. Si elle a le goût de retourner à Montréal, laisse-la partir. Elle y a peut-être abandonné des amis.

— Tu me trouves trop vieux pour elle, c'est ça?

— Mais non.

— Alors je dois accepter son départ?

— Tu la rappelleras au retour.

La veille, refusant même de dîner avec Claude et Julien, Michel avait commandé une bière et un sandwich à la salle à manger du motel. Installé devant son poste de télévision, regardant sans les voir des émissions d'une redoutable médiocrité, il eut une pensée pour Charlie Parker et Jack Kerouac mourant tous les deux devant un téléviseur. Coïncidence qui ne signifiait rien puisque le monde entier ne fait plus que cela, regarder le petit écran. Il n'empêche que l'Oiseau mourait le 12 mars 1955 dans l'appartement new yorkais de la Baronne Pannonica de Koenigswarter et que le 12 mars 1922 naissait Jack Kerouac. Deux dates, deux vies de douleur. La vie peut-elle être autre chose? Dans la chambre voisine Claude et Julien se sont dit des gros mots tout à l'heure. La porte a été refermée brutalement. Aucun doute possible, Julien est au bar. À moins qu'il ne soit monté dans l'auto pour aller à Lowell? Une panique tout à fait ridicule s'était emparée de lui. Retrouver la maison, entourer de ses bras la seule femme qui pût lui donner la paix. Pas de doute il devenait comme ces vieillards qui n'abandonnent jamais leur compagne de crainte qu'elle ne meure pendant leur absence. Kerouac, le voyageur, revenant dans ses terres l'automne venu. Mélanie serait là à son retour, elle n'est pas de celles qu'on quitte en frémissant, *mais je ne peux plus me permettre de perdre du temps. Dans deux ans j'aurai cinquante ans. La fugacité, seule loi. Mon corps se fatigue vite, il ne me sert plus avec la même fidélité. Un jour viendra où je devrai admettre de n'être qu'un vieillard. Comme l'autre qui ne vit plus que par le souvenir.*

Incapable de terminer même la cannette de bière, il en verse le contenu dans le lavabo. L'odeur âcre du liquide jaunâtre, une nausée incontrôlable s'empare de lui. *Je n'accepte pas les forces qui me poussent vers la mort. Ce soir je me suis terré dans ma chambre parce que j'avais peur. De tout. Des yeux de Claude qui invitent si clairement à la vie, au dynamisme. Elle*

59

m'a dit qu'il serait «amusant» de faire une dernière fois l'amour. J'ai répliqué qu'il serait préférable que nous nous abstenions. La pensée que Julien peut s'apercevoir de notre manège n'explique pas tout. Ce que je craignais c'était bien plutôt l'appétit de vie que je lisais dans le regard de cette femme. Peut-être justement s'apprêtent-ils à se caresser derrière la cloison. Julien parlerait de son essai sur Kerouac, elle le ferait taire en lui embrassant les pectoraux. C'est à ce moment même pourtant que les éclats de voix se sont fait entendre. *Je suis un craintif, j'ai à peine goûté à l'existence. Très intellectuel malgré que j'en aie, passionné par l'oeuvre des créateurs qui ont eu l'enfer comme destin terrestre, Malcom Lowry, Charlie Parker, Van Gogh, fasciné par leur misère, voulant bien, en tout ridicule, me considérer des leurs. La grande imposture! Je ne peux même pas vivre trois semaines sans me plaindre de l'absence de Mélanie. Pas question que je lui téléphone ce soir. Elle s'apercevrait que ma voix n'est pas la même, que quelque chose ne tourne pas rond. Je serais même assez dingue pour éclater en sanglots. Avec moi tout est possible.* S'il avait eu la certitude que c'était vraiment Julien qui avait claqué la porte, s'il avait pu raisonnablement croire qu'il ne reviendrait pas avant quelques heures, n'aurait-il pas frappé à la porte de leur chambre? Pouvoir parler à Claude plutôt que de voir se dérouler les images indifférentes de la télévision. Et puis si c'était Claude qui s'était enfuie en un coup de vent? Apprendre enfin à Julien sans ménagement que sa présence à ses côtés n'est vraiment pas indispensable, qu'il se débrouillera très bien sans lui. Puisque de toute façon il n'a rien écrit et n'écrira rien. *J'en ai fini avec la littérature. Tu comprends, fini! Je ne renie pas cette illusion qui valait bien les autres, mais je veux m'occuper d'une façon différente. Je me demande même comment je pourrai me sortir de mes tâches alimentaires.* À New York et à San Francisco Julien rencontrera des écrivains, des universitaires qui ont l'habitude des interviews. N'avait-il pas correspondu avec Ginsberg, Ferlinghetti, Robert Giroux, Malcom Cowley? *Aussi bien le dire tout de go, je ne veux plus m'occuper plus longtemps de cet écrivain. L'univers de la faute décrit de cette manière, non je ne peux pas le faire mien, j'aurais trop l'impression de me retremper dans le monde de mon enfance, le catholicisme à bon marché, les scapulaires, les premiers vendredis du mois, les fausses assurances qui camouflent le trou noir qu'on découvre soi-même peu à peu.* Le téléphone se met à sonner. Serait-ce Claude qui le réclame? Mélanie s'excuse longuement de le relancer en plein travail mais elle vient d'apprendre une nouvelle importante. Est-ce papa qui…? Non, qu'il ne s'en fasse pas, de ce côté tout est stationnaire. Elle vient de décrocher un contrat important. Dans une semaine elle devra partir pour Calgary. Un voyage de quatre ou cinq jours. Sa voix lui paraît presque sèche, pourtant non, son habitude de trop attendre des choses et des gens. Elle lui avait parlé comme elle le faisait toujours. Il n'allait tout de même pas contester son droit au travail, trouver étrange qu'elle se passionne pour des complications légales qui lui paraissaient à lui totalement indifférentes. Pourquoi s'inquiéter de ce qu'une fois ils n'aient pas été au même diapason? Tous les couples savent cela, la séparation augmente les embûches.

Le roulement monotone de l'auto. Julien regarde droit devant lui, fume un cigare malodorant. Michel ouvre la fenêtre même si l'air climatisé le soulage de l'ardeur des rayons du soleil. Claude s'est assise quelques minutes, puis sans dire mot s'est assoupie de nouveau. Au tour de Michel de fermer les yeux. Au cimetière d'Edson la plaque sur laquelle on avait écrit *«Ti-Jean» Kerouac,* le lieu de pèlerinage par excellence des amateurs. Tous les trois ils avaient longuement arpenté le cimetière, marchant à travers tant de pierres tombales avant de dénicher à même le sol la plaque du *canuck* touchant et alcoolique. Un endroit calme dans un quartier petit-bourgeois. Émus ils l'étaient, même Claude qui de temps à autre laissait tomber une énormité pour masquer son trouble. Tous des cons, ils étaient tous des cons, disait-elle, de traquer le cadavre du cher Jack, qui devait les observer un cruchon de vin à la main. Et du bon vin cette fois, grand cru classé céleste, pas l'infâme piquette sucrée du temps de sa vie terrestre. Michel avait souri parce qu'il trouvait Claude foncièrement drôle, qu'il se sentait proche de son humour acidulé, mais son état d'esprit du moment n'avait rien à voir avec la rigolade. Jack aurait sûrement compris leur geste, lui qui s'était rendu à Paris et à Brest à la recherche de l'église Saint-Louis-de-France et de ses ancêtres bretons, Jack bouffon de lui-même, homme fini, rongé et gonflé par l'alcool, Jack la caricature géniale de l'écrivain québécois. Vaincu au départ, cherchant à la fois l'émancipation et le retour au sein maternel, croyant s'être libéré sexuellement et puritain en diable, s'amusant aux préliminaires du zen alors que sa religion puérile n'avait pas dépassé le stade du chemin de croix de l'école Saint-Jean-Baptiste à Lowell. D'accord il lisait Pascal, mais il vivait en *canuck*. L'écrivain de l'impuissance, de la velléité, n'est-ce pas que ça te ressemble, Michel? Écrivant comme un forcené — le monde à tout instant pouvait bien s'écrouler, il n'en continuait pas moins d'exprimer son délire à jets continus. Pas de temps à perdre à chercher les épithètes rares, ne cultivant pas les effets de style, trop persuadé de la gravité de ce qu'il écrivait pour s'arrêter à ce qu'ils nomment tous le plaisir d'écrire. Bien sûr tu ne t'essaieras jamais à la prose spontanée, l'écriture au magnétophone ne te tente pas, tu ne te raconteras pas sans fin comme lui, explorant les années enfouies de l'enfance comme les expériences récentes. De toute façon tu n'as pas de vie à raconter et en ferais-tu le récit que tu t'appliquerais maladivement à en cacher les instants trop révélateurs. De la discrétion toujours. Personne ne souhaite même savoir les détails de ta vie intime. Surtout pas toi qui t'efforces d'oublier. Laisser enfoui ce qui doit rester inavoué. Tu es un petit homme honteux qui ne cesse de s'excuser de vivre. Tu ne t'es jamais défoncé à la benzédrine, tu ne t'es jamais soûlé au mauvais vin, tu n'as jamais crié tard la nuit dans les rues, tu ne t'es jamais vêtu comme un clochard. Le Jack des courtes années de gloire posant au pape de la *beat generation* t'horripilait. N'avais-tu pas dans les années cinquante décrété qu'il n'était que l'auteur d'un *best seller* qu'on se dépêcherait d'oublier? Tu avais alors besoin pour ta propre écriture d'écrivains tout différents, tu voulais apprendre ton propre style, te débarrasser une fois pour toutes de la langue bâtarde de l'enfance. Que pouvait t'apporter ce partouzard? Il y avait bien les traversées de l'Amérique qui te fascinaient, mais *Lolita* de Nabokov ne te donnait-il pas cette même ouverture au monde dans un style qui t'était plus proche, plus civilisé? L'auteur russe apportait également à son projet de la finesse, du brio. Tu croyais encore toi-même alors qu'en y mettant du temps et de l'application tu parviendrais à cette relative perfection. Tu avais beaucoup lu, et les écrivains les plus exigeants, tu ne savais pas encore que ton registre n'était pas celui-là. C'était bien avant la découverte de la très grande relativité de la littérature. Tu croyais alors que ces choses que te chuchotait l'émotion de vivre pouvaient t'amener à créer une oeuvre. Les livres ont été écrits, ils ne t'ont rien donné que la certitude du doute.

Claude semble s'éveiller tout à coup:

— À quelle heure arriverons-nous à New York? Tu accepterais de me conduire à La Guardia? J'ai une réservation pour le dernier vol d'Eastern.

IV
NEW YORK

Longtemps Michel se souviendrait de leur arrivée dans New York par les rues dévastées de Harlem. Les immeubles inhabités, les terrains vacants remplis de détritus, les autos abandonnées délestées de leurs pneus, tout concourait à donner à cette rue Broadway l'apparence d'une artère commerciale le lendemain d'un bombardement. En ce dimanche finissant, à la tombée du soleil, les rues étaient désertes. La laideur tellement outrée du décor devenait presque majestueuse. Roulaient-ils véritablement dans une rue appelée Broadway ou dans une reconstitution imaginée pour le cinéma? Pourtant des enfants vivaient là, des petites filles aux robes immaculées donnaient la main à leurs parents en toute docilité. Michel s'était emparé du volant pour l'entrée dans New York et n'avait choisi le parcours que pour satisfaire au désir de Julien. Le rêve américain qu'il fallait expérimenter jusqu'au bout. Ils comprendraient mieux, disait-il, la fascination de Kerouac pour son pays s'ils allaient au bout de son expérience. Réflexion faite, Claude avait différé son départ au lendemain. Les yeux collés à la fenêtre, elle ne ratait rien du spectacle de la rue. Lorsque, cédant au désir de faire l'intéressant, Michel raconta qu'il était essentiel de verrouiller les portières même quand l'auto était en marche sinon un *junkie* pouvait les ouvrir à un feu rouge et vous menacer de son couteau, elle eut même l'air de le croire. Pour une fois un homme plus âgé qu'elle ne lui paraissait pas trop craintif. Il ne lui fallut que quelques minutes pourtant pour dire qu'elle n'hésiterait pas à se promener seule dans cette rue si on l'en priait expressément.

— Ah! être martyrisée par un *pimp* qui vous fournit vos injections à la petite semaine! C'est ça la vie!

Pourtant lorsque on dut s'arrêter à un feu de circulation, elle ne bougea pas. Pour dire quelque chose, Julien évoqua les bouges que Kerouac habita dans Greenwich et à San Francisco. Son goût aussi pour les accoutrements les plus négligés. La serveuse du *Cosmos Bar* à Lowell ne lui reprochait-elle pas de ne jamais se laver?

— Ça ne te donne pas l'idée de rester avec nous? fait Julien à l'intention de Claude.

— Ah la barbe! Je t'ai dit que je repartais, c'est tout. Tu vas pas imposer cette querelle à ton petit ami, non?

— Excusez-moi…

— Vous ferez enfin votre voyage d'amitié. Je ne serai pas là à vous embêter.

Ils approchaient de *Colombus Circle*. Julien se crut obligé d'indiquer le *Lincoln Center* sur la gauche. Se tournant vers Claude, il prit la défense de New York. Cette ville était souvent hideuse mais on y rencontrait la beauté partout. Ville de contrastes étonnants. Il n'était pas possible, disait-il, que le pays le plus riche du monde n'ait à offrir que des rues de bidonville. Le paradis de l'entreprise privée était rongé par la gangrène, c'était bien connu, mais il ne tardait jamais à se reconstruire sur ses anciens débris. Tant pis pour les êtres humains qu'on avait attirés par la promesse d'un *Eldorado*. Et où sont les quartiers luxueux? demande Claude en se regardant dans un petit miroir. Plutôt que de lui répondre, Michel décrit le centre touristique de *Times Square,* ses anciens hôtels cédés aux assistés sociaux, la saleté repoussante de la quarante-deuxième rue. New York est une ville d'une décadence si monstrueuse qu'il faut l'aimer. On y arrive au reste assez rapidement. Sa férocité se tamise de tant de naïveté, son inhumanité s'adoucit de tant d'aspects touchants malgré tout qu'elle ne peut qu'attirer une sympathie qui se transforme bientôt en tendresse.

— Ma foi, tu aimes vraiment cette ville. Moi, je ne suis pas sûre…

— Je n'aime que les grandes villes. Dès que je vois un taxi jaune ou un vendeur de bretzels ambulant ou un Noir qui pousse un étalage de robes sur roues, je deviens ému. Il me semble que j'ai de nouveau vingt ans et que je découvre une ville étrangère pour la première fois. Je ne retrouve nulle part ailleurs la même sensation.

— Tu y vas souvent?

— Beaucoup moins.

— Il ne voyage plus. Il vit en ermite dans sa maison de banlieue.

Ta femme n'aime pas voyager?

— Non, c'est plutôt moi. Je n'aime pas m'éloigner de mes choses trop longtemps. Comme si je craignais de ne pas les retrouver au retour.

— Rentré chez lui le voyageur nettoie ses bottes... ses yeux striés du sang des paysages... puis de ses doigts noircis feuillette un livre...

— De qui est-ce?

— Je croyais que tu connaissais. Leiris.

La circulation était devenue plus dense. Les taxis jaunes dont la vue impressionnait si fort Michel sillonnaient Broadway à vive allure. À peu près toutes des voitures déglinguées, dotées de suspensions hors d'usage, et dont on appliquait les freins le plus brusquement possible. Comment au pays de l'automobile, demande Claude, peut-on supporter cette humiliation? Julien répond que les USA vivent de plus en plus dans l'humiliation, que le rêve américain poursuit tant bien que mal son chemin, que le capitalisme abandonne New York à son triste sort. Grâce au dynamisme inhérent au système, à l'ingéniosité des Américains, on saura bien surmonter tous les problèmes. Il prononçait ces mots d'un ton sentencieux, ne s'apercevant pas de l'indifférence de Claude.

Inconsolable depuis le départ de Claude, Julien buvait trop. Parlant beaucoup moins de Kerouac, ne s'occupant pas de donner les coups de fil indispensables à la poursuite de son projet, il avait même rejeté l'idée de faire la tournée des boîtes de jazz. Les deux premiers soirs ils avaient quand même terminé la soirée chez *Jimmy Ryan's*. Depuis combien d'années Roy Eldridge jouait-il à cette boîte? Faisant le clown sans trop appuyer, chantant avec bonhomie, le vieux trompettiste ne représentait plus depuis longtemps les valeurs dérangeantes de cette musique qu'ils aimaient au point d'en faire presque le centre de leur vie. Julien ne se sentait tout simplement pas l'âme disponible. Pourtant lorsque le petit homme noir aux cheveux blancs atteignait des moments de grâce, ils se regardaient avec émotion. Placés tout près du podium où se tenaient les musiciens, ils applaudissaient à tout rompre, faisant tache au milieu de la clientèle formée en majorité de touristes. Le deuxième soir, à la fin de la dernière représentation, alors que venaient de s'éteindre les derniers accents de *St. James Infirmary*, Julien se mit à parler de Claude. Michel comprit aussitôt que son ami admettait l'échec de son projet et qu'il reprendrait sa liberté.

— Tu crois qu'elle a fait ça pour m'obliger à réfléchir? Elle me trouve peut-être trop peu sérieux.

— Je ne peux rien te dire. Laisse aller le temps.

— Mais je l'aime, c'est tout!

— Et si elle ne t'aime pas ou si elle a besoin de quelqu'un d'autre?

— Tu sais que c'est pour elle que j'ai entrepris ce voyage. Je voulais l'impressionner, lui prouver que j'étais capable d'écrire un livre.

— Qu'est-ce que tu racontes? À ton âge?

— Oui à mon âge… Je suis attiré par les jeunes femmes, je te l'ai souvent dit, attiré aussi par celles qui n'ont rien d'intellectuel. Elle a pris toutes les attitudes qu'on voudra, Claude, mais elle n'aime pas la littérature, elle déteste les universitaires. Mais elle n'a qu'à me regarder pour que je perde la tête. Qu'est-ce que tu veux que je fasse contre cette inclination?

— Je crains fort qu'il n'existe pas de solution miracle…

— Penses-tu que ce soit une femme pour moi?

— Je n'en sais rien, mon pauvre ami.

— Mais tu la connais, tu lui as parlé. Vous avez fait l'amour ensemble, elle m'en a parlé.

— Tu m'en veux?

Une hésitation puis:

— Pas du tout. Je sais trop bien qu'on ne lui résiste pas. Je suis sûr que ce n'est pas toi qui as fait les premiers pas. C'est plus fort qu'elle.

Julien est tout à fait désemparé. Lorsqu'il évoque cette femme qui se prénomme Claude, sa voix est celle d'un adolescent blessé. Comme si c'était la première fois qu'une partenaire lui faisait défaut. *Combien de fois dans ma vie ai-je souffert à cause d'une femme? Une seule fois en vérité, mais si atrocement que je sais que c'était pour la vie. L'amour où l'on entre à l'aveuglette, insouciant de tout ce qui n'est pas l'autre. Ce sentiment effroyable qui vous dépouille de tout pour finalement faire de vous un être souffrant qui ne peut même plus identifier la source de son mal. La fuite alors qui apparaît comme l'unique solution. Tant pis pour l'autre qui a presque été créée pour l'amour, pour ce jeu d'attirances et d'éloignements mêlés.* Claude n'est pas une victime. Saura-t-elle jamais ce que signifie avoir une relation profonde avec quelqu'un? Pour l'heure elle semble bien plutôt vouloir s'amuser. Julien a commandé d'autres consommations. Il n'a pas remarqué qu'il ne reste plus que quatre ou cinq clients dans la boîte.

— Je suis un pauvre type, tu trouves pas? Me mettre dans des états pareils à cause d'une femme que je ne connaissais même pas il y a six mois. Une de mes étudiantes. Je ne l'avais même pas remarquée. Pas étonnant avec le nombre. Elle a fait un travail sur Ducharme. Je l'ai fait publier dans une revue. Assez brillant son texte, malgré quelques bavures que j'ai corrigées avant de… Une façon de se moquer de tout, de jouer avec les mots. Et puis les yeux qu'elle a!

Michel n'écoutait plus son ami. La pluie fine qui tombait sur Manhattan ce soir-là avait haussé le degré d'humidité de l'air et il ressentait une douleur vive aux articulations. Tout le jour ils avaient visité les disquaires de la ville en quête de microsillons. Heureux pendant cette recherche systématique d'albums qu'ils n'auraient peut-être même pas le temps d'écouter convenablement avant de mourir. Heureux parce que dans cette démarche ils acceptaient l'aveuglement essentiel. Ah! pouvoir organiser sa vie autour d'une unique et inutile passion des objets! Faire comme si la possession d'un disque de Bud Powell des années cinquante pouvait signifier la fin du monde! S'agiter ainsi tout en sachant bien qu'à Montréal le père achève sa vie terrestre dans des souffrances atroces. Avoir le courage de le tuer pour le libérer de cette parodie de vie. Les autres, les scientifiques, les optimistes, les croyants ne le feront jamais. Tout leur système hypocrite est basé sur les fantasmes du bonheur. Jusqu'à la toute fin, alors que votre père ne sera plus qu'un cadavre malodorant ils croiront encore à la vie. La dernière visite à l'hôpital que l'on s'impose parce qu'il faut bien mettre en pratique l'enseignement judéo-chrétien de la petite enfance. L'homme n'est plus qu'un habitacle de souffrances, vous le savez. Pas question pour lui, qui n'avait que des passions simples, de retirer le moindre plaisir de la vie. Ils peuvent bien vous dire qu'il respire toujours, que le coeur bat, que les fonctions essentielles se déroulent dans ce corps. Mais eux qui sont les premiers à vous parler de l'âme, que trouvent-ils dans ces yeux qui ne s'ouvrent qu'à demi, ne vous reconnaissent pas? Quel souffle d'intelligence retrouvent-ils dans ces sons qui émanent de la bouche édentée? La dernière visite où l'on voit l'être qui jadis vous faisait tout de même un peu peur avec ses certitudes, recroquevillé comme un foetus, les bras si maigres que vous n'osez même pas les toucher. Lorsque par habitude vous prenez sa main dans la vôtre, vous n'y ressentez que froideur. Pendant des mois pourtant c'était cette chaleur des doigts, le besoin de caresses, qui réussissait à vous procurer l'illusion de la communication. N'avez-vous pas dit alors à Mélanie que jamais vous ne vous étiez senti si proche de lui? Mettre fin à la visite au bout de dix minutes parce qu'elle est inutile, parce que vous savez qu'elle ne sert même plus à vous donner bonne conscience. Puisqu'il n'est pas question de lui administrer de la morphine (vous lui injecteriez la dose bénéfique calmement pendant que les infirmières seraient occupées à d'autres tâches et que le compagnon de chambre de votre père vous regarderait atterré), aussi bien vous réfugier auprès de Mélanie qui sait vous faire oublier l'absurde farce.

— Mais à ma place est-ce que tu insisterais? Tu ne m'écoutes pas. Je te parle de Claude. Devrais-je rappliquer?

— Tu veux la vérité?

— Bien sûr que je veux la vérité.

— Détourne-toi d'elle.

— Tu as peut-être raison... mais j'en suis incapable. J'en ai assez de vivre seul, je te l'ai dit. L'enseignement ne m'a jamais passionné. Quand je suis avec elle j'ai la certitude de vivre. Je la trouve drôle. Elle m'a rajeuni. Kerouac, ça ne m'intéresse même plus. Hier soir en me couchant j'avais même décidé de tout abandonner. Mais il ne faut pas. Ça ne serait pas bien vis-à-vis de toi.

— Faut pas te gêner pour moi. Je partirai plus tôt pour San Francisco, c'est tout.

— Tu ne rentrerais pas à Montréal? Andrée?

Michel hoche la tête.

— Tu vois, même toi...

— Ce n'est pas la même chose. Je pourrais même te dire que si je me rends là-bas c'est en quelque sorte pour constater l'étendue des dégâts. Tandis que toi...

— Tandis que moi...

— Pour toi il est encore temps de fuir. Cette fille n'est pas pour toi. Elle te détruira. Ou plus simplement te causera des angoisses inutiles. Un jour fatalement elle te laissera tomber de nouveau.

— Je ne te savais pas si cynique.

Les derniers clients partaient. Lorsqu'ils se levèrent, le barman ne parut pas mécontent. La cinquante-quatrième rue était étonnamment déserte. Ils décidèrent d'aller prendre un dernier verre à l'un des bars de l'*Americana*.

Il devint vite évident pour Michel que le voyage tournerait court. Julien ne ratait aucun des rendez-vous, mais semblait pressé de mettre fin à des rencontres dont l'issue ne semblait plus lui importer. Ayant réussi à rejoindre Claude au téléphone après plusieurs essais infructueux, il s'était entendu dire qu'on s'ennuyait de lui. N'était-ce pas un signe de l'attachement qu'elle conservait malgré tout pour son vieux professeur? Un vieux professeur qui buvait avec régularité et parlait beaucoup. Attablés à leur restaurant favori, *La Villa Mosconi* dans *McDougal Street,* marchant dans *Bleeker* ou assis sur la pelouse à *Washington Square,* il leur arrivait d'évoquer les sauteries auxquelles participait Jack dans Greenwich ou de rappeler un passage de l'un de ses romans, mais en réalité le départ de Claude était leur seul véritable sujet de conversation. Michel avait traîné son ami au Musée d'Art Moderne pour lui montrer les quatre ou cinq toiles de métaphysiciens italiens qui lui paraissaient si admirables, mais Julien n'avait même pas voulu franchir le guichet, se contentant de faire face sans le regarder à *La Jungle* de Wilfredo Lam. Après une visite écourtée d'une demi-heure, Michel vit Julien écrasé sur un banc près du vestiaire. Était-ce là tout ce qui restait de l'homme enthousiaste qui l'avait convaincu de quitter le refuge montréalais? S'efforçant de garder en mémoire l'inquiétante présence de la peinture futuriste de Giacomo Balla qu'il avait contemplée le plus longtemps qu'il avait pu, Michel comprit qu'il devait faire son deuil de la soirée sans alcool qu'il se promettait. Julien lui paraissait fatigué, brisé par sa folie amoureuse.

Le *West End* est fréquenté par une clientèle nettement jeune. On y accède en longeant un interminable bar qu'on jurerait appartenir à un *saloon* de western. On y sert une nourriture sans raffinement. Ce soir-là on se presse au comptoir, on parle très fort, on fume. Quelques adeptes du billard électrique se livrent à leur jeu en marquant leurs bons coups d'onomatopées bruyantes. Au temps du collège *Horace Mann,* se croyant déjà vedette de football à *Colombia University,* Jack fréquentait assidûment le *West End.* Sans doute était-il déjà plus indiscipliné que ces jeunes gens négligemment vêtus mais qui paraissent si dociles. En réalité même Julien ne se pose pas la question. Hanté par le fantôme de la jeune femme enfuie, il oublie Kerouac progressivement. S'il a proposé le *West End* plutôt que le *Village Vanguard,* le *Fat Tuesday's* ou le *Sweet Basil* où se produisent des jazzmen plus en accord avec ses goûts actuels, c'est qu'il veut surtout parler. Se servant du prétexte commode de Kerouac, il avait convaincu sans insister Michel qui ne pensait déjà plus qu'à son départ pour San Francisco.

— En somme elle accepte de te revoir?

— C'est tout comme. Je sais que je saurai la rendre heureuse. Ce n'est pas si compliqué après tout.

— Tout dépend. Il y a des femmes et des hommes qui ne sont pas faits pour la sérénité. Je ne parle pas de bonheur. C'est autre chose.

— Kerouac y croyait, lui, au bonheur?

Une question à laquelle Michel n'apporte pas de réponse. Sur la scène, vêtu d'un pull à col roulé bleu ciel, Dickie Wells expose le thème de *One O'Clock Jump*. Le tromboniste a plus de soixante-dix ans. Les vieux clichés commodes du jazzman de carrière n'entachent pas trop son jeu. Julien dodeline de la tête. Michel remarque que son menton est de plus en plus ridé. Habitué à tenir son ami pour nettement plus jeune que lui (comme si deux ans pouvaient compter vraiment), il n'a pas vu que les années avaient commencé à le marquer. *Trop intéressé peut-être à surveiller l'action du temps sur moi, obnubilé par l'inexorable, je suis aveuglé. Pourquoi n'ai-je pas le courage de lui dire de mettre fin à cette tentative de retour? Il ne pourra jamais satisfaire cette femme. Il est clair qu'elle cherche un homme plus fort qu'elle. Trop lucide pour lui, plus intelligente que lui, c'est l'évidence.* Une idée riche en possibilités vient de propulser Dickie Wells dans un nouveau développement. La section rythmique suit péniblement. Les deux amis sont réunis par la musique. Quiconque les regarderait remarquerait la félicité qui les habite, Julien pianote sur la table des doigts de sa main gauche pendant que Michel balance ses jambes. *Ne disait-on pas au collège que la véritable musique ne s'adressait qu'à l'esprit? Comme si le corps n'avait pas le droit d'enregistrer ce plaisir-là! Et Julien qui croit encore à son petit monde universitaire, qui s'imagine toujours que ses articles inspirés par les modes du moment et publiés dans des revues à tirage confidentiel lui valent une réputation enviable, qui en est à son deuxième congé sabbatique, qui a écrit une thèse non publiée sur Antonin Artaud et voudrait bien quand même un jour donner le livre définitif sur Kerouac!* Les spectateurs qui n'ont pas cessé de parler pendant le solo de Dickie Wells applaudissent pourtant à tout rompre. Le tromboniste baisse la tête en guise de remerciement puis indique du doigt Earl Warren qui enchaîne à l'alto.

Situé tout près de l'Université Columbia, le *West End* est si délabré qu'on croirait en y entrant pénétrer dans un bar de Lowell. À l'automne de 1940 en compagnie de Ginsberg et de Lucien Carr, Kerouac venait y parler de sport et de littérature. Quel genre d'habitué était-il? Avait-il déjà commencé à attirer vers lui l'attention à tout prix, trop timide pour se contenter d'apparaître tout simplement? À cette époque il n'y avait pas de jazz au *West End*. Pour entendre cette musique il fallait se rendre en métro à Harlem, à Times Square ou à Greenwich. Ce soir Kerouac serait rapidement repéré avec ses mauvaises manières. Il ne se contenterait pas d'applaudir, il entraînerait l'assistance et les musiciens par ses cris. Et entre deux *sets* il s'approcherait de Dickie Wells, lui offrirait un verre même s'il savait qu'il n'en a pas les moyens et le septuagénaire au ventre rebondi rirait probablement à gorge déployée. Michel ne peut plus imaginer Kerouac autrement que comme un homme apeuré allant constamment au bout de ses limites pourvu qu'il sache que le retour auprès de Mémère est assuré. Il pouvait tout expérimenter mais restaient présentes en lui les images familières du frère et du père agonisant, de la mère racontant des histoires du Québec en s'affairant à préparer un ragoût. N'éprouvant plus le désir d'aller au bout de l'être qu'il était, ayant plutôt la volonté de céder à toutes les distractions qui le détourneraient de ce but-là, Michel optait pour la discrétion. Écouter cette musique, la laisser pénétrer en lui, jouir de cette transe, de cette exaspération, naître et mourir avec la vie éphémère de ce solo, mais pourquoi chercher à affirmer sa joie? Homme de petite dimension si l'on veut. Il le croyait lui-même. Tout à gagner à se réfugier dans l'anonymat. Déjà longtemps qu'il ne s'affichait plus comme écrivain. Il fallait cacher cette activité, du moins ne faire que l'essentiel pour que les autres sachent l'existence de vos livres. Maintenant qu'il n'écrivait plus, il n'avait même plus le droit de revendiquer cette appartenance. Après plusieurs tentatives infructueuses, on ne l'invitait plus à des rencontres publiques. Pourquoi de toute façon faire de l'esbroufe quand on sent au-dedans de soi un vide total? L'expérience aidant, n'était-il pas parvenu à s'accommoder du non-désir? Des passions il en avait qu'il cultivait avec science et acharnement mais il n'oubliait jamais de faire place d'avance au désenchantement qui ne manquerait pas de venir. Chaque fois qu'il avait manqué à cette règle il en avait été quitte pour une déconvenue. La mort de Jack à St. Petersburg, Floride. Subite probablement, sûrement atroce, la présence de sa femme Stella, le bloc-notes qu'il tenait sur ses genoux au moment de l'attaque fatale. *Il a vomité le sang* avait dit Allen Ginsberg la veille en faisant résonner le «g» final. Dans son appartement crasseux du Lower East Side le poète barbu avait eu deux sautes d'humeur. Peut-être en avait-il assez de répondre aux mêmes questions au sujet du vieil ami? Peut-être ne souhaitait-il pas ce jour-là revivre des événements vieux de quarante ans? Julien avait été étonné de l'attitude du poète; Michel aurait même trouvé normal qu'il les priât de sortir. Puisque de toute façon on n'a jamais rien à raconter qui ne soit anecdotique. Accepterais-tu que je dévoile à un étranger des confidences que tu m'as faites? avait demandé Michel pendant qu'ils descendaient lentement les quatre étages de l'immeuble. Était-ce bien dans la douzième rue? Le soleil était de plomb, une musique de salsa provenait d'un immeuble voisin, des enfants s'amusaient sous le jet d'une prise d'eau. Julien paraissait démoli par la réception un peu froide qu'on leur avait faite. Plus tard Michel se demanderait si l'agressivité, la morgue de Ginsberg n'avaient pas aussi compté dans la décision de Julien de rentrer précipitamment à Montréal. Habitué aux sautes d'humeur des hommes de lettres, qu'il avait fréquentés jadis, Michel ne se surprenait de rien. Que l'écrivain subversif ait tout fait pour les impressionner, qu'il ait eu une conduite de *prima donna*, cela à vrai dire lui paraissait normal chez un écrivain qui poursuit une carrière.

— Tu sais que je ne suis pas sûr de pouvoir oublier... tu n'aurais pas dû... nous sommes amis depuis si longtemps.

— Mais de quoi parles-tu?

— Tu le sais bien. Je parle de Claude et de toi. Comment as-tu pu?

— Qu'est-ce que tu veux que je te dise?

— Et si je t'apprenais que j'ai couché avec Mélanie? Ce n'est pas vrai, remarque... mais que dirais-tu?

— Je ne t'en parlerais pas.

— Mais tu aurais de la peine.

— J'imagine.

— Michel, je crois que je vais rentrer à Montréal.

— Et Kerouac?

— C'est au-delà de mes forces. J'ai beson de voir Claude. Et puis aussi bien le dire, je t'en veux un peu. Dans un mois ou deux tout sera terminé, j'aurai passé l'éponge. Pour l'instant j'ai l'impression que tu n'as pas été bien avec moi. Comprends-moi.

Julien voulait tellement que Michel le comprenne qu'il lui étreignit la main avec émotion. Ses yeux étaient humides. Pour camoufler son trouble il vida d'un trait son verre. Michel le rassura d'un regard et suggéra de sortir prendre un peu d'air. Ils marchèrent en silence pendant une trentaine de minutes jusqu'à ce que la pluie se mette à tomber avec une ardeur imprévisible. Ils n'étaient déjà plus dans Broadway mais parvinrent à héler un taxi qui filait en trombe en direction opposée. Pendant que la voiture faisait demi-tour dans un crissement de pneus Julien regardait droit devant lui:

— Tu ne m'en veux pas d'être si con? Je m'accroche à cette fille parce que je suis sûr qu'elle ne s'intéresse pas à moi. Je veux la convaincre, la retenir. Si elle m'avait aimé en premier, je ne la verrais même plus. Oublie ce que je t'ai dit. Tu es mon meilleur ami. Mon seul sûrement. Tu as bien fait de faire l'amour avec elle. Est-ce que je serais moins inquiet si tu ne l'avais pas suivie dans son lit?

Julien aurait bien continué sa confession si le chauffeur ne s'était pas mis à s'impatienter. Michel songeait déjà au voyage solitaire qu'il entreprendrait.

Michel apprendrait d'autant plus à se passer de la présence de Julien que la séparation avait été lamentable. Insistant pour qu'ils passent la nuit à boire, il était vite devenu incohérent. Après quelques rasades de scotch qu'il avala rapidement comme s'il devait partir sur l'heure, sa langue était devenue pâteuse, son débit très lent. Julien avait toujours bu et commençait à ne plus supporter les effets de l'alcool. Michel qui avait à peine vidé un verre s'était rapidement vu pris devant un homme pitoyable qui ne songeait plus qu'à se justifier. Impossible de le mettre à la porte de sa chambre. Il le blesserait pour la vie. Rien à faire qu'à supporter la présence de l'ami qui s'en voulait d'abandonner son projet. Au quarantième étage de ce gigantesque *Americana* on entendait quand même le murmure de la rue, le son strident des sirènes de police.

— En réalité, Michel, tu n'es qu'un lâche. Pour protéger ce que tu appelles ta sérénité tu ne veux plus agir. Est-ce vraiment de l'amour que tu ressens pour Mélanie? Je n'en suis pas sûr. Dans ta coquille, tout recroquevillé, tu vis dans le souvenir. Tu as cessé de vivre. Mais dis quelque chose!

— Qu'est-ce que tu veux que je réponde? Je l'admets, voilà tout.

— C'est ça que tu appelles vivre?

— Je ne me suis jamais prononcé là-dessus.

Julien, les yeux exorbités, les joues en feu, crie:

— Mais tu ne te prononces sur rien. Tu as trop peur de le faire. L'amour viendrait vers toi et tu fuirais.

— Tu exagères.

Incapable de faire face à la moindre hostilité, Michel ne trouve pas les mots qui feraient entendre raison à l'autre que possède la furie de la destruction.

— Mais tu ne te vois pas? Il y a longtemps que nous nous connaissons, nous sommes ce qu'on appelle de vieux amis. Depuis cinq ans, peut-être un peu plus, tu as entrepris de te retirer de tout. Tu es de moins en moins un être vivant. Tu n'écris plus. Tu ne travailles plus avec entrain. Même tes petites séries télévisées n'ont pas l'intérêt qu'elles avaient. Si tu continues sur cette pente on te remerciera, mon vieux! Et les cours à l'université, parlons-en, tu sais ce qu'on dit de toi?

— Je ne veux pas...

— Je te le dis quand même. On s'y inscrit parce que tu n'as aucune exigence et parce que tu as quand même une certaine réputation d'écrivain.

— Julien, pourquoi me dire tout cela?

— Je veux t'ouvrir les yeux, t'empêcher de devenir un mort vivant. Le repli sur soi, c'est bien beau, mais il ne faut pas exagérer.

Il était peut-être quatre heures du matin. Se levant péniblement, titubant légèrement, Julien avait marché jusqu'aux toilettes d'où il était revenu en s'épongeant le front de son mouchoir. Malgré la climatisation l'alcool lui donnait chaud.

— Et ta réputation d'écrivain il ne faut pas trop y compter non plus. Tu es trop lucide pour oublier qu'une génération chasse l'autre. Ta littérature intimiste vieillira mal. Déjà les jeunes te lisent moins. Le monde change autour de nous. Tu es trop préoccupé à te surveiller pour le constater. Tu as cessé d'écrire parce que tu ne pouvais plus rattraper le monde.

— Tu as peut-être raison. Mais je préférerais que ça ne soit pas toi qui me le dises. J'ai toujours été assez discret, il me semble.

— Toi, discret? Je comprends! Mais on sait ce que cache cette discrétion. Tu te crois supérieur. Tu as l'air modeste comme ça, mais au fond, fallait te voir nous surveiller, Claude et moi! Comme si pour tomber amoureux il fallait être fou. C'est ça la vie après tout! C'est perdre la tête, c'est une histoire de sperme, de sueur, d'urine. Pas ce fantôme de vie dans lequel tu te complais depuis des années. Mais dis quelque chose! Dis quelque chose!

Michel se lève, se dirige vers la fenêtre panoramique. Ses yeux fixent un immeuble à bureaux illuminé. Le soleil se lèvera bientôt. Michel revient vers Julien qui somnole le front entre les mains. Lorsqu'il s'empare d'un magazine, son ami sursaute.

— Il ne t'est jamais venu à l'esprit de lutter?

— Excuse-moi, je suis fatigué, je ne voudrais que dormir pour l'instant.

— Tu ne t'en sauveras pas. Réponds-moi. Ça fait longtemps que je veux t'entreprendre. La seule passion que je te connaisse c'est celle du jazz. Et pour combien de temps encore?

— Je n'ai rien à dire et pas le goût de me justifier.

— Mais c'est du sang que tu as dans les veines!

— J'imagine, oui. Je croyais que tu pouvais deviner des choses, c'est tout. Si je me retire ainsi...

Michel se retient de continuer. Pas la peine puisque Julien n'est plus là. Le bruit de la chasse d'eau. La main sur l'épaule.

— Nous sommes amis quand même, hein? Un ami ne peut pas tout laisser passer sans rien dire. Je te vois te détériorer petit à petit. Tu ne m'en veux pas?

Un hochement de tête à peine perceptible.

— Tu n'as pas toujours été tendre pour moi non plus, avoue-le. On s'est toujours tout dit, nous deux, pas vrai? La vérité, toute la vérité, nous n'avons droit qu'à ça! Pourquoi je te cacherais que tu es déjà un écrivain du passé, que tes romans ne tiennent pas le coup devant la littérature actuelle? Je ne te le dirais pas que tu m'en voudrais. Tu sais bien que tes livres nourris de l'existentialisme des années cinquante ont vieilli. On ne pense plus dans ces termes, on expérimente sur le langage, on joue avec les mots, on a cessé de s'interroger maladivement sur les fins dernières, on ne lutte plus contre le père.

Comment aurais-je pu me douter de l'existence de cette hargne? Il souffre et veut que je souffre aussi. Ce n'est pas que j'aie attendu quoi que ce soit de ce qu'il appelle «mon oeuvre». Tout cela est bien mort, mais pourquoi tient-il tant à me le rappeler? Cela seul me chagrine et m'inquiétera pendant des mois. C'est au nom de l'amitié qu'il m'assaille. Il a des droits sur moi, je suis sa chose. Il faudra de plus que j'accepte ses excuses tout à l'heure.

— Je suis convaincu, moi, que tu peux encore écrire si seulement tu veux te botter le cul, si...

— Excuse-moi, j'ai vraiment sommeil. Je ne peux plus tenir le coup... Tu...

Michel n'eut pas à compléter sa phrase. Julien ronflait, les bras le long de son corps. Il renonça à le réveiller, optant plutôt pour une promenade aux abords de *Central Park*.

Une nuée de touristes allemands se pressaient dans la salle d'attente d'*American Airlines* à l'aéroport *John F. Kennedy*.

Portant tous au revers de leur veste un coquelicot rouge, ils suivaient docilement un guide à la mine affable. Des hommes et des femmes endimanchés qui partaient à la recherche de souvenirs. Michel se sentit rassuré dès son entrée dans l'aéroport. Le climat impersonnel de ce lieu lui plaisait. Il avait à bon compte l'impression de partir pour le bout du monde. *C'est le bout du monde puisque je m'éloigne encore un peu plus de Mélanie. S'était-elle vraiment rendue à Calgary? Y était-elle toujours? Il l'ignorait puisque depuis une semaine il ne lui avait pas téléphoné. Pourquoi la troubler avec mes propos? Elle ne comprendra pas la défection de Julien, s'imaginera des choses. Elle n'a pas l'habitude des ratages. Ne comprendra pas non plus que j'aille seul à San Francisco. Comme s'il était possible que je souhaite revivre avec Andrée! Comme n'importe qui le ferait à sa place Mélanie ne comprendra pas mon désir de revoir cette femme. Je lui ai si souvent dit que ma vie commençait avec elle. Elle me suggérera de la rejoindre à Calgary. Je craindrais trop de la trouver affairée, distraite par son travail. Et je dois aller à San Francisco.* Dans un aéroport les voyageurs épuisés ou inquiets deviennent moins arrogants, plus perméables. La quotidienneté est suspendue. Julien a dû repartir avant midi. Il a laissé une note pour s'excuser. Michel l'a lue distraitement. Seule comptait à présent sa solitude. Il se sentait porté par le rêve. Un état de survie. La permission de reprendre le soliloque interrompu. La blessure qu'avait ouverte Julien prendrait bien quelques jours à se refermer. C'était le prix qu'il fallait payer pour avoir droit à l'amitié. Il n'en voulait pas le moins du monde à son ami, mais craignait de plus en plus ce pouvoir qu'ont les autres de vous anéantir.

Deux jours de plus à errer dans New York. À songer au plaisir d'être seul, à revoir les petites rues qui bordent *Washington Square,* à fureter chez tous les disquaires même si ces jours-là la musique signifiait bien peu pour lui. Il acheta quelques microsillons par désœuvrement. Les paroles de Julien lui revenaient alors en mémoire. Les disques, son unique passion. Comment le nier? *Puisque j'accepte déjà ma mort. Je ne peux plus me permettre de souffrir sans raison. Puisqu'il n'y a jamais de raison. Combien d'années encore?* S'amuser à marcher sur chaque côté de rue, à regarder les vitrines de la quarante-deuxième rue à la cinquantième entre Broadway et l'Avenue des Amériques, faire des emplettes qui plairont peut-être à Mélanie. Le souvenir de Kerouac s'estompait. Il imaginait facilement qu'à son retour à Montréal il le relirait, qu'il deviendrait probablement curieux de tout détail de sa vie, mais pour l'heure il préférait errer selon un plan bien défini. Avant de quitter l'hôtel il se traçait un itinéraire, s'imposait un horaire. Aller de nouveau au Musée d'Art Moderne, y contempler quelques toiles presque au hasard, quitter l'immeuble au bout d'à peine une demi-heure, entrer chez *Barnes & Noble* ou *Rizzoli,* visiter Cartier comme s'il avait les moyens de faire l'acquisition d'un bijou pour Mélanie. Tout pour ne pas trop songer à la pertinence de ce voyage sur la côte Ouest. *Je peux toujours rebrousser chemin. Sur le petit écran on prévoit déjà un retard d'une heure pour le vol. Je pourrais tout annuler et rentrer à Montréal. Rentrer et me terrer jusqu'à ce qu'elle revienne. Puisque je ne suis même pas sûr de retrouver Andrée. Acceptera-t-elle même de me recevoir?*

Le matin dans *Central Park.* Les sentiers sont à peu près déserts. À peine quelques adeptes du jogging qui ne s'arrêtent de courir que pour faire des sauts sur place. Une clocharde pousse une voiturette. À chaque corbeille elle se penche dans les détritus à la recherche de cannettes d'aluminium ou de bouteilles. Devant Michel l'hôtel *Marriott-Essex* semble endormi. C'est là qu'il est descendu avec Andrée à l'été de 1972. Un journal l'avait délégué au Festival de Newport qui se déroulait pour la première fois cette année-là à New York. Le commencement de la fin. Leurs disputes incessantes. Son insistance à prétendre que seul le travail comptait pour lui, qu'il n'y avait aucune place dans sa vie pour une femme. Plusieurs années plus tard, il ne restait même plus l'abrutissement par le travail. Épuisé par sa nuit sans sommeil, un peu ivre malgré tout, sûrement en proie à une migraine très puissante, il s'était efforcé de ne pas rentrer trop tôt. Ne souhaitant surtout pas faire face à Julien, il avait pénétré dans une salle de cinéma porno de la huitième avenue dont les portes ne fermaient qu'à sept heures. Les ébats qu'il voyait à l'écran lui donnèrent quelques instants le désir de faire l'amour, puis il s'endormit. Une heure plus tard on vint l'avertir brutalement que le cinéma n'était pas un hôtel. Il sortit et prit un copieux petit déjeuner à la cafétéria de l'hôtel *Howard Johnson.*

L'idée lui vint alors d'y louer une chambre. Par bonheur l'hôtel n'affichait pas complet. L'absence de valise n'inquiéta pas le préposé à la réception. La carte de crédit qu'exhiba Michel régla le peu d'appréhensions qu'il pouvait avoir. Il achevait son service et tendit la clef de la chambre sans même le regarder.

Se coucher sur le lit sans défaire le couvre-pied, l'impression d'être protégé contre tout envahissement. Julien ne pourrait venir troubler cette quiétude-là. Peut-être dormait-il toujours dans le fauteuil, ivre-mort. Rien ne l'intéressait moins pour l'instant. Il lui donnerait tout le temps de récupérer, de faire ses malles. *Pourquoi ce besoin de dire aux autres leurs vérités? Je ne lui demandais rien qu'une présence indifférente. Même pas amicale, indifférente. L'amitié qui n'est pas discrète est dangereuse. Je ne veux plus de ces intrusions dans ma vie. Il ne viendrait jamais à l'esprit de Mélanie de me faire la leçon. Si ce que j'ai écrit ne vaut rien, cela n'a à vrai dire que peu d'importance. J'ai écrit par besoin probablement, je ne ressens plus ce besoin, il n'y a pas de quoi en faire un drame. Je ne vais pas renier vingt ans de ma vie, m'interroger parce que mes livres ne sont plus au goût du jour.* Éviter Julien dorénavant par tous les moyens. Puisqu'il a poussé si loin le désir de le blesser, Michel doit le tenir pour un ennemi. S'isoler de plus en plus, se recroqueviller pour ne plus affronter les assauts du monde, de ceux qui veulent vous transformer à leur image. La chambre mal décorée de l'hôtel *Howard Johnson* de la huitième avenue à New York, la chambre 624 où vous parviennent les bruits de l'ascenseur, la chambre qui devient pour vous si douce. Bientôt vous ne voyez plus les chromos sur les murs, la femme de chambre peut frapper, tenter de se servir de son passe-partout, la chaînette et votre sommeil vous protègent contre l'envahisseur.

Le salon de la petite maison de Bordeaux baigne maintenant dans un calme parfait. La lampe chinoise éclaire si timidement le visage de Mélanie qu'il a l'impression d'être en présence d'une adolescente. Peu lui chaut qu'elle ait ou n'ait pas ces rides légères sous les yeux, mais qu'il puisse l'imaginer plus jeune, toute jeune fille, le bouleverse. Un grand bonheur le visite. Un bonheur si intense que pour une fois il ne songe pas à l'aspect éphémère de cette vision. D'où vient au reste que depuis quelques mois ces instants sont plus fréquents, moins fugaces? La vie à deux, la vie du repos, de la complicité. Il faut avoir du temps devant soi afin d'accueillir le calme. Puisqu'ils savent tous deux que tout repose sur un inconfort initial et fondamental, ils ne perdent plus de temps à énumérer les raisons qu'ils ont de désespérer. Aux premiers moments de leur histoire commune, ils ont établi les règles du jeu. C'est Mélanie qui calmement lui a dit qu'on ne répète pas impunément les vérités atroces. Mélanie qui ne veut pas qu'il rappelle sans raison leur peur commune de la mort. Il a beau faire un cauchemar abominable dans cette chambre du *Howard Johnson* où plus qu'ailleurs il est de passage, il a beau tirer à bout portant sur le pauvre corps chétif de son père, non pour le délivrer de sa douleur, mais bien pour le châtier de vieilles injustices qu'il croyait oubliées, il a beau être couvert de sueurs, c'est elle qui a désamorcé son cynisme. Elle ne supporterait pas qu'il parle sans ménagement de la mort. Elle ne le suit pas dans cette lucidité sans faille. Et parce qu'il a pour elle cette si grande tendresse, cet amour maladroit et empêché, il se retient d'évoquer les spectres. De dissimulations en dissimulations, ils sont presque parvenus à croire que la vie durera toujours. *L'amour avec Mélanie. Nous savons que l'exploration de nos corps est une affaire de lucidité et d'adresse. Lorsque je sens la jouissance monter en elle, que je vois son visage se crisper de plaisir, je ne songe plus qu'à son exultation. J'embrasse son sexe parce que je sais qu'elle explosera de joie et que son orgasme est le but que je poursuis. Je peux encore me dire que rien ne vaut notre désir. Puisque la catastrophe n'est pas immédiate, que nous n'avons pas tout à fait cinquante ans, que la maladie qui nous emportera un jour n'est pas encore perceptible. Mélanie, j'ai pu parfois t'apporter un peu de calme. Nous sommes de ceux que l'idée de l'inexorable ne quitte jamais. Comme moi, tu crois que nos corps se dissoudront comme on voudra bien, que l'absurde est d'avoir prévu cet anéantissement dans la conscience.*

S'éveiller alors que la pluie tombe à torrents, qu'elle martèle les carreaux sales. Est-ce le bruit, au fait, ou cet autre rêve? Le père qui l'accueille dans l'appartement où il vit seul. C'était à l'époque où tout cela était possible, à l'époque où il pouvait encore se plaindre d'être abandonné. Qu'a recommandé le médecin? Fait-il les promenades que le spécialiste a prescrites?

Les mêmes questions les même réponses. Le vieux cherche constamment ses mots. Comme l'état de ses yeux ne lui permet plus de lire les journaux, que pour la même raison la télévision l'ennuie très rapidement, il perd peu à peu le sens de la chronologie. Se résignant à vivre dans une pièce aux stores baissés, il se plaint de ne voir personne. Le rêve accentue l'aspect revendicateur des paroles que le vieillard parvient à prononcer. Il est seul, le fils ne le voit-il pas, ne se rend-il pas compte de son dénuement, de l'état de malpropreté repoussante de l'appartement, de son corps même? Et il montre son lit taché par les excréments. Julien lance vers le fils un doigt accusateur puis disparaît. *Les images de la télévision tenaient encore lieu pour lui de seule réalité. Aucune continuité. Des moments privilégiés qui s'imposaient sans logique. Les mêmes plaintes répétées, les mêmes regrets à propos d'une époque révolue. Comment n'aurait-il pas préféré la période de la jeunesse? Puisqu'il était là à me regarder avec envie. Ne pouvais-je pas me mouvoir à mon aise, aller au concert si j'en avais envie, partir en voyage, faire l'amour le désir venant? Parfois, brisant le silence combien pénible, il parvenait à lier trois ou quatre phases qui aient entre elles une certaine intelligence. Il fallait alors oublier des anachronismes flagrants, des détails farfelus et faux. Ne rien rectifier. Le vieil homme a droit à ma compréhension totale. Puisque tout est cauchemar. Puisque l'atroce agonie qui s'annonce a déjà commencé, dans son corps et son esprit, l'oeuvre de destruction. Une vie est passée jadis dont il ne reste plus rien que des souvenirs troués. Sur un guéridon quelques trophées obtenus dans des tournois de golf, des bibelots achetés lors de voyages en Floride en compagnie de l'une des deux femmes qu'il a connues. Un infirmier lui donne son bain deux fois par semaine. Lorsqu'il en est empêché, c'est moi qui le prends dans mes bras, le soulève puis le dépose dans l'eau qui est toujours trop froide ou trop chaude. Le corps décharné, le ventre aux muscles détendus, la verge rabougrie qu'il se hâte de dissimuler jusqu'à ce que je quitte la salle de bains. Je referme derrière moi la porte, attentif au léger clapotis qui m'apprend que le corps que j'ai déposé dans l'eau n'a pas cessé de vivre. Est-il possible que je doive ma présence sur terre à ce squelette recouvert d'une mince couche de peau?*

Mais les heures de sommeil qui ont suivi la rupture avec Julien ont dépassé en horreur cette réalité des derniers mois. Puisque le père est à même de prouver qu'on l'a négligé, qu'on a été cruel envers lui. Michel est attaqué, confondu dans le point le plus vulnérable de son être. Sa culpabilité. Comme si c'était lui qui avait mis au monde ce vieillard à qui on a enlevé ses prothèses dentaires, cette loque pitoyable que des doses continuelles de sérum maintiennent en vie. Si Michel est couvert de sueurs, si à chacun de ses réveils successifs il se sent étreint, c'est que le père du cauchemar est devenu un Julien vieilli de trente ans. Le rêve s'est emparé de la frayeur qu'il a ressentie quelques heures auparavant devant la haine incontrôlée de son ami. Quelqu'un s'est juré malgré lui de vous humilier, de vous rabaisser. Parce qu'il souffre, parce qu'il reconnaît sa détresse, il ne supporte même plus votre flegme apparent. Et le pauvre vieil homme à qui vous n'avez pu tout compte fait que reprocher son inculture (et aux années intransigeantes de l'adolescence encore) devient féroce. Prenant Kerouac à témoin, il raconte vos frasques, les sommes que vous avez englouties dans des extravagances sans lendemain pendant que lui vivait maigrement de pensions gouvernementales. Tout dépenaillé, vêtu d'un T-shirt troué et d'un pantalon maculé de graisse, Jack dit que vous n'avez pas eu la générosité de vous sacrifier pour vos livres. Plutôt que de vivre dans l'angoisse matérielle vous avez préféré vous prostituer à la télévision. Tant pis pour vous! L'âge venait, bondissait sur vous, vos n'étiez plus qu'un fruit sec. Pour appuyer son avancé Jack émet un rot bruyant puis se met à rire. On ne trouvait pas de personnages comme ceux-là dans vos livres. Ne commençait-on pas à s'apercevoir du reste que vos créations littéraires n'étaient qu'une copie un peu sophistiquée des personnages étriqués qui peuplaient vos nombreuses séries télévisées? Julien l'affirmait en tout cas. Partageant avec Kerouac une carafe de vin, Mélanie et Andrée discutaient à voix basse et ne prêtaient aucune attention à ce qui se déroulait. Bientôt la pièce fut couverte du sang qui s'échappait du grabat de votre père. C'est vous qui teniez le couteau ensanglanté.

Les Allemands assaillaient le stand des magazines, feuilletant *Penthouse* et *Playboy* avec une fébrilité que leur présence en pays lointain ne rendait même pas suspecte. Il y a des jours, disait Claude, où même baiser m'ennuie. Tu ne trouves pas, toi, que la vie n'est pas tragique, mais qu'elle est surtout ennuyeuse? Michel n'avait pas répondu, se contentant de l'embrasser dans le cou. Claude qui serait peut-être la dernière femme avec laquelle il ferait l'amour sans l'aimer vraiment.

Cette éventualité d'une autre «dernière fois» qui le laisse aux prises avec la tristesse. Le sentiment soudain que rien ne pourra être repris comme avant. Comme si la surprise devenait un élément interdit dans sa vie. Avec Mélanie il savait ce qui surviendrait, il connaissait son corps, savait les effets de la jouissance dans ses cris et ses yeux. Le petit bout de femme qui avait des audaces de langage ne serait bientôt qu'un pauvre souvenir agréable. La tristesse qui monte en lui, il ne cherche même pas à la combattre. Depuis longtemps il a cessé de s'étonner de ces montées d'humeur noire en lui. L'équilibre émotif qui le lie au monde a toujours été fragile. À la question de l'«à quoi bon?» il n'a jamais eu d'autres réponses que des prénoms de femme. Andrée, Mélanie, quelques autres qu'il avait prononcés à l'époque avec tout autant de conviction. Se trouverait-il quelqu'un jusqu'à la fin qui consente à partager son trouble? En quittant l'hôtel *Howard Johnson,* il a marché le long de la huitième avenue jusqu'à la quarante-deuxième rue. Deux prostituées l'ont accosté. Des noires qui le regardaient avec mépris. Peut-être ont-elles cru malgré sa barbe d'un jour qu'il était un homme d'affaires du *Middle West* relevant d'une cuite? Indifférent à la laideur exemplaire du décor, il déambula lentement sous un soleil tenace. Personne ne sembla s'inquiéter de ce passant somnambule dont les préoccupations étaient ailleurs que dans cette rue bordée de cinémas de troisième ordre, de bars louches et de boutiques spécialisées et jonchée de détritus.

C'est là qu'il s'était convaincu de prendre l'avion pour San Francisco. Vagabonder dans la ville qu'il aimait presque autant que Montréal, retrouver des souvenirs, puis trembler à la pensée de rencontrer Andrée. *Je vais souffrir si je revois cette femme que j'ai tellement fait souffrir. C'était la douleur qui nous unissait, notre besoin de porter des coups et d'en recevoir, je le sais maintenant. Ai-je le droit le la troubler?* Les passants, touristes ou habitués, ne s'étonnaient pas de sa mine préoccupée. Que pouvait leur faire ce retour d'un ancien amoureux distrait? Lorsque la question du droit qu'il pouvait avoir de reparaître dans la vie d'Andrée se posait avec trop d'acuité, Michel se rattachait au désir de revoir San Francisco. Peut-être que c'était le dernier voyage de sa vie, qu'il ne voudrait plus quitter cette maison qui lui était de plus en plus un refuge. Mélanie ne répétait-elle pas qu'il vieillissait prématurément? Il n'avait jamais tout à fait réussi à la convaincre qu'il avait atteint pour toujours l'âge des bilans.

Je me souviens mal des moments de ma vie où j'ai été malheureux. Rarement me suis-je dit que tout était terminé et que seule la mort me convenait. Quelques images d'enfance et d'adolescence, deux ou trois ambitions déçues, des femmes qui m'importaient et devant qui j'ai mal paru. C'est bien peu pour justifier cette image d'homme réfractaire qui est la mienne. En revanche les moments d'ennui et d'indifférence abondent. Être porté par l'attente d'une passion qui viendrait et me soulagerait du monotone écoulement des jours. La certitude en même temps des années qui fuient à une vitesse vertigineuse. Seules les heures où j'ai cru aimer avec passion m'ont permis un peu d'échapper à cette interrogation. J'oubliais alors de me poser les questions que je connaissais bien sur l'inutilité de tout. Je n'étais pas fait pourtant pour ces périodes d'exaltation. La femme aimée devenait alors tellement essentielle que je la poursuivais de mes doutes, de mes exigences. Aliéné par ce sentiment entier, je me prenais pour l'amoureux que je ne peux être. Je ne pouvais «vivre sans elle», ce qui est à proprement parler effroyable. S'en remettre à quelqu'un d'autre alors que c'est en soi seul qu'on doit déceler les raisons de continuer. Je ne demande rien de tout cela à Mélanie. Elle m'a suivi dans cette partie secrète de mon être sur la pointe des pieds pour ainsi dire. Elle n'aime pas que je lui rappelle qu'elle a recueilli il y a quelques années une épave. Je ne crois pas plus maintenant à l'espoir que je n'y croyais alors. Je sais temporiser, voilà toute la différence. Mélanie aurait pu continuer son chemin, ne pas prêter attention à cette rencontre insuite. Qu'étais-je alors sinon un être parfaitement désabusé se cachant derrière l'ironie pour ne plus être heurté? L'admiration que j'ai pour elle, la reconnaissance que je lui témoigne dès que je me détourne de mon obsession intérieure. Oui, Mélanie aurait pu continuer son chemin, mais elle a saisi dans mon désarroi d'alors une raison d'espérer. Je lui ai parlé mille fois de son geste. Elle refuse d'admettre qu'elle ait agi ainsi poussée par quelque sollicitude que ce soit. Crois-tu, dit-elle, que je puisse vraiment avoir eu pitié de toi? C'est un sentiment que je ne connais pas. Je t'ai suivi parce que je savais que je pourrais vivre avec toi. Aimer en elle la faculté d'aimer sans avoir recours au vocabulaire délirant des amoureux qui ne savent pas la valeur récurante de l'humour. Comment pourrais-je aimer une femme pour qui l'amour serait autre chose qu'une équipée faite de tendresse aveugle? Pouvons-nous ignorer que nous n'avons pu franchir le mur de nos individualités qu'en de rares occasions et que notre force comme couple est d'avoir su nous en rendre compte? L'amour n'est pas autre chose que cette lucidité-là. Tu sais que je ne regrette pas de paradis perdu. Notre isolement à deux m'a pacifié.

Michel jeta un regard à sa montre et vit que le temps était venu de se diriger vers la porte d'embarquement. Pris d'une soudaine nervosité, il marcha rapidement ses deux valises à la main et bouscula une énorme mégère qui l'invectiva malgré ses excuses. Au même moment des touristes regardaient New York à bord de calèches qui longeaient *Central Park,* des employés de bureaux écoulaient leur heure de déjeuner à regarder les passants qui déambulaient le long de l'Avenue des Amériques pendant qu'un saxo jouait pour quelques pièces de vingt-cinq cents *There Will Never Be Another You.* Michel s'arrêta pour déposer quelques instants ses valises.

V
SAN FRANCISCO

Longtemps les voyages de Michel avaient été solitaires, indissociables de l'idée de fuite. Comme si la méditation qui vous porte hors du temps, la retraite qui vous isole d'une activité nocive n'étaient plus possibles que dans des lieux étrangers. Souvent alors il partait pour les États-Unis ou l'Europe. Son emploi du temps et ses revenus lui permettaient de mettre entre ses différentes activités des intervalles de lumière. Officiellement pour ses amis il allait ailleurs achever un manuscrit. À vrai dire, à Florence, Paris ou Washington il ouvrait à peine ses cartables. Mais ses promenades sans but dans les rues mal connues apportaient à ses écrits et à l'être qu'il était un recul nécessaire. Le retour à Montréal serait marqué par un travail acharné, il le savait, mais quel soulagement de vivre sans la menace des jours de tombée! Il n'y avait plus de réalisateurs de télévision, d'équipes de tournage qui l'attendaient. La fatigue des nuits de travail qui se succèdent à cause de modifications de dernière minute, malaises d'une comédienne ou caprices météorologiques. Se souvenir avec attendrissement de ces semaines de *farniente*. Plusieurs années plus tard, il ne pouvait revoir Paris sans songer à la rue des Écoles ou aux demeures cossues du boulevard Raspail. Le soin qu'il mettait alors à éviter tout contact personnel avec les gens. Observer tout simplement, s'observer surtout, aller au bout de son rêve intérieur, passer des heures à une terrasse de café. Plus que toute autre ville Paris lui avait donné cette vie hors de la vie. Il parcourait ses quartiers d'une manière distraite et attentive à la fois, comme si ayant bu légèrement il sentait qu'un voile diaphane se posait entre les choses et lui. Mélanie ne s'était pas étonnée du besoin d'évasion qui le visitait tous les six mois ou à peu près. Les premières années de leur vie commune, elle le retrouvait dès qu'il lui faisait signe. Descendant toujours au même petit hôtel de la rue de l'Abbé-Grégoire, près du square Sèvres-Babylone, il s'efforçait alors de mener une vie frugale, se contentant de steaks pommes frites, heureux de ce dénuement qu'il s'imposait. L'arrivée de Mélanie mettait fin à l'austérité. Devenu touriste comme les autres, il l'accompagnait au Claridge ou au George V.

Regardant San Francisco du vingtième étage du *Hyatt on Union Square,* Michel a des souvenirs émus de la plupart des villes qu'il a visitées. Maintenant que l'époque des voyages fréquents est révolue, qu'il ne s'échappe plus qu'avec effort de la maison qu'il habite, il ne sent plus en lui la moindre curiosité. Engouffré dans un taxi dès l'aéroport, il a eu un regard attendri pour des adolescents bruyants agglutinés dans le *cable car* qui escaladait la première pente abrupte de *Powell Street.* Six heures déjà qu'il est dans la chambre, qu'il essaie de s'habituer au décor lourd et prétentieux de cet hôtel trop silencieux. Partout ces moquettes épaisses qui étouffent les pas, des miroirs à profusion, des meubles massifs en contre-plaqué. Même les portes se ferment sans bruit. Il a mangé tout à l'heure sans appétit le steak très cuit qu'on lui a monté. San Francisco vit tout en bas. La rue Grant, l'arche sous laquelle il faut passer pour entrer dans le quartier chinois qu'il visitera plus tard. Comme toujours, il se rendra au *Fisherman's Wharf* à pied malgré les élancements à la jambe qu'il aura certainement en arrivant à la hauteur de *Nob Hill.* Il ressentira le même émerveillement devant ces riches demeures bourgeoises construites dans le style victorien et peintes de couleurs pastel. La ville qu'il scrute d'en haut comme pour s'en protéger. Le temps n'est pas encore venu de se perdre en elle. Jamais la nature ne l'aura passionné autant que la ville la plus médiocre. C'est avec Londres, Venise ou San Francisco que s'établit pour lui l'éventualité d'une conversation. Au bout de cinq minutes à la campagne les paysages même grandioses l'ennuient.

On ne possède jamais une ville, croit-il, on la contourne sans cesse. Amoureux de Montréal qu'il ne quitte jamais sans un serrement de coeur, il reconnaît en San Francisco une complice. Quelqu'un l'habite qu'il devra rencontrer malgré le danger qu'elle représente pour lui, mais pourra-t-il se refuser bien long-temps encore à l'attrait de *North Beach?* Il n'a pas songé à Kerouac depuis vingt-quatre heures pour la première fois depuis des semaines, mais il sait bien qu'il ira saluer Lawrence Ferling-hetti à *City Lights,* qu'il finira au moins une soirée au *Keystone Korner.* La renaissance intellectuelle de San Francisco n'est plus qu'un moment historique, le mouvement *beat* est mort depuis longtemps, la ville est devenue une ville provinciale, éclairée, cosmopolite, bohème et petite-bourgeoise à la fois. Depuis belle lurette elle n'est plus le paradis des aventuriers. Pour Michel San Francisco n'invite pas au risque. Toutes ces maisons dans les-quelles on n'entre pas parce qu'on refuse de se laisser happer. *Et si j'entrais chez Andrée et ne pouvais plus revenir vers Mélanie? Comme si, disposant de la force que représente la maison exemplaire qu'elle habite, elle réussissait à me retenir. La mai-son qui m'est retraite, qui signifie le repos. Si elle avait acquis avec l'expérience de la vie cette paix que je n'ai jamais cessé de chercher? Mais est-il seulement imaginable que cette femme ait pu faire taire en elle l'angoisse?* Il la revit à leur dernière rencon-tre en proie à une telle exaspération qu'il s'était juré alors d'éviter dorénavant tout contact. C'était trois ans après leur rupture défi-nitive. Prenant prétexte de disques qu'il tenait à lui remettre, il l'avait invitée dans un petit restaurant italien de la rue Saint-Laurent. Dès le début elle lui avait paru nerveuse, exacerbée par la lenteur du service, touchant à peine à son assiette, fumant sans arrêt. Lorsqu'il avait remarqué en souriant qu'elle n'avait jamais fumé autre chose que des Gauloises bleues depuis qu'il la connaissait elle avait éclaté. Il n'était pas question qu'elle tolère plus longtemps cette intrusion dans sa vie. Pendant des années elle avait supporté qu'il la domine, qu'il lui dicte sa conduite dans les moindres détails, qu'il choisisse pour elle la coiffure qui lui convenait le mieux, qu'il tranche sur l'ampleur convenable d'un décolleté. Elle était assez grande maintenant pour en déci-der elle-même. Se rendait-il compte qu'elle avait trente-cinq ans, qu'elle subvenait à ses besoins, que le salaire qu'on lui ver-sait comme dessinatrice de mode valait bien ses cachets toujours aléatoires? Elle était blême et vociférait. Il avait la certitude qu'on écoutait leur conversation. Comment aurait-il pu en être autrement puisque les tables se touchaient presque dans cette salle minuscule?

Il n'a rien oublié, ni la couleur de la nappe à carreaux, ni le chandail à profonde échancrure qu'elle portait ce soir-là. On était en mai et son teint avait déjà acquis cette texture qu'elle garderait jusqu'à la fin de l'automne. Le garçon s'adressait à elle avec une gêne qu'il ne parvenait pas à dissimuler. Les hommes qui entraient dans le restaurant la regardaient avec insistance. Flatté d'abord par ces regards, Michel n'en fut que plus inquiété lorsqu'il s'aperçut que son ancienne femme ne se possédait plus. Comment pouvait-il l'exaspérer à ce point? Il n'avait pourtant rien dit qui pût lui déplaire. Au contraire, il s'était montré prévenant, attentif, discret sur ce que pouvait être sa vie sentimentale. Elle l'avait à peine remercié d'avoir songé aux disques, qu'elle ne regarda même pas en sa présence. Il l'agaçait, c'était l'évidence. Au café, tandis qu'il n'avait plus que le désir de mettre fin au plus tôt à une rencontre embarrassante, elle s'était informée sur un ton plus calme de son travail. Comment réussissait-il, avec son boulot à la télévision, à écrire des romans? Voyageait-il tout autant? Il lui apprit qu'il rentrait justement de Paris. Un séjour très court, assez catastrophique. Le manuscrit qu'il avait emporté dans ses bagages, détruit le lendemain de son arrivée. Il n'avait pas agi ainsi dans un mouvement de rage ou de découragement, les pages qu'il avait déposées dans une poubelle de la rue de Rennes ne méritaient pas un autre sort. Sentant qu'elle était allée trop loin dans ses accusations, elle avait voulu savoir s'il n'avait pas obéi trop tôt à l'une de ces crises de mélancolie qui s'abattaient parfois sur lui. Même s'il souhaitait déjà l'avoir quittée (qui lui garantissait qu'elle n'allait pas éclater de nouveau?), il lui expliqua qu'il avait suffi qu'un préposé aux bagages à Roissy s'adresse à lui avec morgue pour qu'il regrette tout aussitôt son départ hâtif. Épuisé par une saison de travail intensif, il n'avait plus eu la force de mener une vie solitaire. Pas plus du reste qu'il ne souhaitait rencontrer les personnes qu'il connaissait à Paris. Elle commenta en riant, disant qu'il ne se débarrasserait jamais de l'aspect adolescent de sa personnalité. Devant l'agressivité il ne savait que capituler. Il accepta sans protester le commentaire d'Andrée. Puisqu'il n'était pas question de lui dire que la pensée d'une femme abandonnée à

Montréal ne l'avait pas quittée. Mélanie rencontrée très brièvement lors d'une réception à laquelle il n'avait assisté que par obligation. Passant en coup de vent, se disant qu'il ne resterait que le temps d'être vu, happé dès l'entrée par un réalisateur qui lui présente cette Mélanie (Danneau, Dansereau, Didelot?), le prétexte à trouver le lendemain pour la rappeler. Lorsqu'il se décide enfin à la joindre au téléphone, il apprend qu'elle est à Toronto pour deux semaines. On ne fuit pas si facilement. Même à Rome il avait préféré la compagnie assommante d'un couple de Fort Worth à une solitude devenue intenable. Andrée lui tendit la main à la porte du restaurant. Il se retint de l'embrasser sur la joue, la suivit du regard jusqu'à ce qu'elle soit parvenue à sa voiture.

Lawrence Ferlinghetti consulte sa montre, déclare de sa voix posée qu'il doit retourner à *City Lights* où il a donné rendez-vous à un imprimeur. Les doigts qui caressent la barbe grise, un sourire d'une grande douceur.

— Le pauvre Jack... vous savez qu'il m'appelait souvent la nuit de Lowell. Surtout quand il était soûl et qu'il s'ennuyait de Frisco.

Michel a déjà interviewé Ferlinghetti pour une émission de radio sur la poésie américaine. Un long entretien de deux heures dans son bureau à la librairie de *Colombus Avenue*. Tout à l'heure, alors qu'ils se dirigeaient vers le parc qui fait face à l'église St. Francis, ils ont croisé une ancienne gloire de la poésie *beat*. Un homme au visage buriné, aux yeux de camé, les gestes apeurés de celui qui quémande sa subsistance. Ferlinghetti a expliqué que le poète vagabond couche souvent à la belle étoile, qu'il n'a pas de moyens de subsistance. Michel s'est éloigné un peu pendant que Ferlingthetti lui tendait quelques dollars. Un malaise profond s'empare de lui devant cet homme dépenaillé aux yeux suppliants. L'impression d'être de trop, d'assister en voyeur à la détresse évidente d'un être. *Plutôt que d'obéir à ma discrétion habituelle, d'agir en homme qui se veut délicat, j'aurais mieux fait de lui donner moi aussi un billet. Puisque de toute façon il ne pourrait plus s'en blesser.* Une fois de plus dans sa vie il côtoyait le désarroi sans se décider à intervenir.

— Vous verrez Philip Whalen?

— Je ne crois pas.

— C'est vrai, j'oubliais que vous ne voulez plus faire ce livre.

Ferlinghetti se lève. Son front dégarni le fait paraître encore plus grand. Les deux hommes se donnent la main, évoquent la possibilité d'une rencontre future à laquelle ils ne croient pas tout à fait. Michel est seul devant sa tasse de café vide. Une femme s'adresse à sa voisine en italien, un bébé pleure. Le *San Francisco Examiner* illustre en première page la crise du pétrole qui prend de l'ampleur dans la région. Quelques années auparavant c'était la pénurie d'eau qui inquiétait les Californiens, se souvient Michel. Au *Keystone Korner* Joe Henderson remplace à partir de ce soir les *Jazz Messengers* de Art Blakey. Michel se dirige vers le comptoir, commande un autre *expresso* dont il n'a pas réellement envie. Il ne veut que retarder le moment de son retour à l'hôtel. Voilà trois jours qu'il remet au lendemain l'appel qu'il fera à Andrée, qu'il a fini par retracer grâce à l'annuaire du téléphone.

Lorsqu'il descend à pied la rue Stockton, obliquant parfois dans une rue transversale, *Broadway* ou *Pacific Avenue,* son regard se porte sur l'architecture des maisons. Il ne ressent pas tout à fait la passion habituelle pour ces toits en forme de coupole, ces oeils-de-boeuf étonnants ou ces tourelles extravagantes. Le coloris très atténué des maisons de bois, leur teinte de blanc, de rose et de bleu le trouble même. Mélanie qui s'y connaît beaucoup mieux en architecture lui a plusieurs fois expliqué ce qui faisait la beauté unique d'une maison, il se souvient qu'ils se sont arrêtés à un endroit donné pour contempler une corniche amusante. Tout lui rappelle la demeure de Montréal dont il ne s'agit plus de savoir si elle est carrément laide ou non. Elle existe, il y retournera pour s'y enfermer, mais auparavant, comme un obsédé, il ira voir Andrée. Sa main qui tremblait lorsqu'il s'est emparé de l'annuaire du téléphone. Le nom de son mari y figure encore. Former le numéro, entendre une voix de femme qui n'est pas celle d'Andrée. Plutôt que de raccrocher comme il en a la tentation, demander à lui parler. Elle n'habite plus là. On lui fournit un autre numéro. Se dire chaque soir avant de se mettre au lit que le lendemain il faudra passer à l'action, inventer un prétexte pour fixer un rendez-vous. Combien d'années depuis la dernière rencontre? Sept au moins. Tant d'années en réalité depuis ces furtifs moments d'intense bonheur qu'il est enfin prêt à ne plus se sentir responsable vis-à-vis d'elle. Cette culpabilité si ancrée en lui mais qu'il ne cultive plus de façon systématique. *Est-ce seulement de la curiosité que je ressens pour elle? Suis-je aussi libre que je le crois? Comme si on pouvait être lié à quelqu'un et ne pas être marqué pour la vie.* Il la savait mariée, mère aussi, et elle n'habitait plus chez son mari. *Suis-je capable d'admettre qu'elle m'a peut-être oublié? Comme s'il n'était pas possible de se passer à force de caractère de souvenirs aussi encombrants. J'ai été pour elle un mauvais compagnon, je l'ai torturée malgré moi parce que je ne me suis pas rendu compte de l'instabilité de nos relations. Persuadée que je partirais un jour, que je devais fatalement partir, qu'il était dit que notre union se terminerait par un échec, elle faisait tout pour la miner.*

Dans *California Street*, le *cable car* passa à sa hauteur. Un vent frais venant de la Baie avait chassé la chaleur. L'annuaire lui avait appris que Leonard Steiner habitait près de *Golden Gate Park* et que son commerce d'import-export était situé près du quai. Comment Andrée avait-elle pu vivre avec un homme d'affaires? Peut-être avait-elle trouvé auprès de lui la stabilité émotive qu'il ne lui avait pas offerte? Elle lui reprochait souvent son manque d'ambition, le peu d'attention qu'il apportait à la poursuite de sa carrière littéraire. Elle aurait aimé qu'il ne refuse pas automatiquement les honneurs, qu'il ne dépense pas trop libéralement ses cachets. À ce moment de sa vie il n'arrivait tout simplement pas à être prévoyant. Quant à son statut d'écrivain, il avait toujours cru que la seule attitude digne en ce domaine était la discrétion. Quand il refusait une séance de signature elle disait qu'il n'aurait alors aucune raison de se plaindre du pauvre rayonnement de ses livres. Devant une mauvaise critique elle souhaitait qu'il se rebiffe alors qu'il se contentait d'en être affecté. Ces différences d'optique pesaient-elles bien lourd à côté de la distinction fondamentale? *Elle croyait que l'amour transformait tout. Alors que j'étais fasciné par la mort, elle ne cessait de s'interroger sur nos liens. Pourquoi n'étais-je plus l'amant prévenant, inquiet? Pourquoi étais-je cet obsédé de travail cherchant toutes les raisons de fuir l'inactivité? Elle savait que les arrêts de travail me livraient à elle totalement et que je ne souhaitais pas cette confrontation. Ne me demandant plus si elle m'aimait ou non (la période de doute s'était effritée petit à petit) je souffrais de moins en moins une présence qui se faisait exigeante.* Se rappeler le dernier voyage fait ensemble à Madère. La destination choisie par lui au souvenir d'une lecture de Chardonne. Les promenades sans fin dans les jardins de l'hôtel *Savoy*, les conversations empreintes de douceur. Une douceur qui masquait tellement la chaleur passée qu'ils s'en rendaient compte tous les deux, craignant le moment où l'autre éclaterait de rire ou exploserait d'indignation. Étaient-ils allés assez loin, dans cette petite ville de Funchal, pour se rendre compte de l'usure définitive de leurs relations? Où donc était passée l'émotion qu'ils ressentaient aux premiers jours? Ces questions, Andrée les avait posées en s'essuyant les yeux. La durée interminable des repas où il fallait supporter des attentions qui n'étaient plus que l'expression d'une politesse d'apparat. Lorsque leurs corps s'unissaient dans l'amour (car cela aussi faisait partie du pacte dicté par les convenances) il sentait qu'elle ne participait plus qu'à demi, qu'elle ne se perdait plus avec le même abandon. Elle se baignait à la piscine. Michel, étendu sur un transat, lisait. Parfois il levait les yeux sur ce corps superbe qu'il touchait, mû par un automatisme acquis au cours des ans. Le mécanisme de la rupture était en marche. Il savait trop bien qu'il finirait par la poursuivre de sa hargne, il lui en voulait de la promiscuité qu'elle lui imposait, ses réactions les plus bénignes l'indisposaient de plus en plus. Il aurait volontiers pris l'avion pour Lisbonne ou Londres, mais il fallait se conduire de façon plus civilisée, plus humaine, il écoulait donc ses après-midi à lire les romans américains ou anglais qu'il trouvait au comptoir de journaux de l'hôtel. Andrée était alors dans toute sa beauté. Le vent de la mer avait bruni son corps et ses yeux légèrement bridés n'avaient pas encore atteint l'expression de dureté qu'ils eurent quelques années plus tard. Elle s'approchait de lui, l'embrassait, lui disait qu'elle l'aimait. Il en ressentait un certain agacement, ne voyant pas pourquoi elle le dérangeait dans sa lecture. Lorsqu'elle s'étendait à côté de lui et fermait les yeux, il songeait au plaisir qu'il aurait à vivre quelques mois seul dans une villa à flanc de montagne. Au milieu d'une végétation luxuriante baignée d'un climat essentiellement tempéré, non loin d'une mer jamais furieuse, il atteindrait peut-être l'apaisement qu'il appelait de toutes ses forces. Pour l'heure, ne pas bouger, simuler le sommeil afin qu'elle ne lui parle pas. Aucun désir d'entendre des plaintes ou des récriminations. Lui restait la perspective du dîner qu'ils prendraient dans le décor anglais aux boiseries sombres de cet hôtel jadis fréquenté par la bourgeoisie, l'affreuse certitude d'une présence qu'il ne souhaitait plus à ses côtés.

Mélanie et Michel croyaient depuis longtemps qu'ils mourraient ensemble. Un souhait profond qu'ils avaient ressenti chacun de leur côté dès les premiers jours de leur liaison. Une pensée qui les rassure. Il sait que jadis elle a cru finir sa vie avec un autre que lui. Elle dit souvent qu'elle envie ces adolescentes qui connaissent un garçon à quinze ans, se fiancent très rapidement et ne l'abandonnent que dans la tombe. Avec Andrée il ne pouvait songer qu'au transitoire puisqu'elle ne lui laissait jamais de répit, qu'elle appelait l'inconfort comme condition essentielle à l'amour. Elle répétait souvent qu'il ne fallait pas tellement se reposer sur l'autre que lutter pour conserver son admiration. L'état de guerre permanent épuisait Michel. Il avait autre chose à faire, ainsi qu'il le lui lançait en proie à une vive colère. Il croyait alors en son écriture, passait des nuits devant sa machine à écrire, estimant avoir des sentiments à communiquer à des êtres qui vivaient à côté de lui, ne s'interdisant même pas de songer à d'autres qui viendraient après. Ceux-là peut-être comprendraient l'attitude fondamentale qu'il avait par rapport à la vie. Andrée estimait que l'amour était la seule préoccupation. *Je ne nous ai jamais vus vieillir côte à côte. Au reste, savais-je alors la valeur des choses qui durent? Puisqu'il fallait mourir, que cette idée me terrorisait, pourquoi m'arrêter de travailler, de voyager, de bouger pour quelque raison que ce soit? Je ne voulais pas qu'on m'emprisonne, qu'on me neutralise, cherchant même parfois les occasions de dispute pour fuir une femme qui fondait en larmes à la moindre contrariété.*

La rupture définitive avait été précédée de tellement d'abandons successifs que Michel avait cru qu'il la reverrait à intervalles réguliers. Un jour elle lui ferait signe. Elle était de ces femmes qui n'admettent pas le côté irrémédiable des choses. Il ne s'agirait plus d'amour certes mais de liens à maintenir. Pourtant elle ne s'était jamais manifestée depuis leur apparition à la Cour. La cérémonie du divorce expédiée, ils s'étaient souhaité bonne chance en donnant l'impression d'y croire. Comment était-elle parvenue à rompre de façon si définitive, elle qui de son propre aveu ne cessait jamais de s'accrocher? Il n'avait su son départ pour San Francisco puis son mariage que par l'indiscrétion d'une amie rencontrée par hasard rue Sainte-Catherine. On lui avait même donné une adresse dont il ne s'était pas servi. Il ne parvenait pas à s'imaginer Andrée autrement que troublée. L'amie l'avait rassuré. Elle travaillait là-bas au bureau de son mari, avait eu un enfant. Les deux femmes se téléphonaient de temps à autre. Ainsi donc il pouvait considérer comme cette amie qu'elle avait «refait sa vie».

La femme qui le regardait ne semblait habitée d'aucune vie. Était-il bien sûr qu'elle le regardait de toute façon? Elle flattait un jeune chat noir étendu à ses côtés sur le divan. Michel avait serré une main froide puis avait suivi Andrée dans une pièce meublée de façon hâtive. L'appartement était exigu, les murs presque nus. Au-dessus du téléviseur une toile qu'elle avait dû acheter avant même de le connaître, des immeubles en enfilade peints à la façon de Chirico. Andrée venait d'emménager et devait se contenter pour le moment d'un appartement meublé.

— Tu vois, je vis seule, fit-elle sur le ton de quelqu'un qui ne souhaite pas épiloguer. Qu'est-ce qui t'a pris?

— Je n'ai pas de circonstances atténuantes. Julien voulait écrire un livre sur Kerouac. Il m'a demandé de faire ce voyage avec lui. Le projet est abandonné, il est retourné à Montréal. Tu me croirais si je te disais que je suis venu à San Francisco pour toi?

Elle ne répondit rien, puis:

— Je peux t'offrir quelque chose? J'ai un fond de cognac, un peu de cinzano.

Il préfère refuser. Elle sourit. Le masque de tristesse ne disparaît pas pour autant. L'extrême pâleur de cette femme le bouleverse. Il veut dire quelque chose, n'importe quoi qui remplace ce silence étouffant, mais c'est elle qui murmure:

— Tu n'as jamais tellement aimé Kerouac pourtant.

— Tu te souviens?

— Je n'oublie pas beaucoup. Tu disais que ce n'était qu'un engouement passager, qu'on finirait par lire *On The Road* comme un document sociologique.

— Qu'est-ce que je n'ai pas dit?

— Julien s'est encore désisté. Lui non plus n'aimait pas tellement Kerouac. C'est à la mode au Québec?

— Les étudiants l'aiment bien.

— Et Julien, toujours très occupé avec les femmes?

— Quand je l'ai quitté à New York, il était très malheureux à cause d'une femme justement.

— Je n'ai pas ces problèmes-là. Je suis libre.

Plusieurs années plus tard, il se souviendrait de l'ironie de cette phrase, de la profonde détresse de son sourire au moment où elle la prononçait. Il n'était pas question qu'il l'embrasse, mais poussé par un réflexe instinctif enfoui au fond de sa mémoire il en eut le désir. Combien de fois ne l'avait-elle pas bouleversé jadis par son simple regard? Pour l'instant il n'était que fasciné par cette femme vieillie qui lui parlait à voix si basse qu'il entendait à peine ses paroles.

— Et toi?

— Rien n'a tellement changé. Je gagne ma vie de la même façon...

— La télé?

— Surtout.

— L'Université?

— Oui, le même cours de création littéraire. Je ne reprendrai probablement pas en septembre.

— Pourquoi?

— Je ne sais pas… un manque de motivation peut-être. Je n'ai jamais cru au fond qu'on puisse influencer quelqu'un. Surtout moi, je suis de plus en plus renfermé. Tu sais ce que je veux dire.

— Oui. Comment vis-tu?

— Qu'est-ce que tu veux dire?

— Tu vis avec quelqu'un?

— Toujours avec Mélanie.

— Ça m'étonne. Jamais je n'aurais cru que vous deux… Il y en a qui arrivent à vivre ensemble. Tu as des enfants?

— Non.

Il répondait brièvement avec le plus de délicatesse possible comme s'il craignait qu'elle ne se mette à pleurer soudainement. Il s'habituait peu à peu au visage d'Andrée, à l'affaissement souligné des joues, à son teint sans fraîcheur. Il s'établissait entre leurs courtes phrases des silences de plus en plus rapprochés qu'ils ne cherchaient plus à combler. Comme s'ils avaient besoin de cette lenteur pour trouver le ton juste.

— Es-tu toujours connu là-bas? Excuse-moi, j'ai quitté Montréal depuis si longtemps. Je n'y suis jamais retournée.

— Assez pour ne pas crever de faim.

— Tu voyages toujours beaucoup?

— Je suis devenu très sédentaire. C'est l'âge, il faut croire.

— Moi c'est pareil. D'ailleurs où irais-je? Je n'ai pas le sou ni le goût de quitter cet appartement. Je ne travaille plus, je ne sors que pour l'essentiel, les courses. Pour le reste, je me poste devant la télévision. C'est captivant, tu ne trouves pas? Mais dis-moi franchement, qu'es-tu venu faire ici? Je ne veux plus recommencer ce que…

— Te voir tout simplement, rien d'autre. C'est comme si avant de rentrer à Montréal j'avais tenu à être rassuré.

— Et puis?

— Je ne sais pas. Je te vois, je te parle. C'est ce qui compte pour l'instant.

— Tu n'es pas trop déçu? Tu veux de mes nouvelles? Je t'avertis, elles sont plutôt inquiétantes. J'ai déserté le foyer conjugal comme ils disent. J'y ai laissé un mari et une fille de cinq ans. Tu le savais?

— Je ne sais rien.

— Entre nous ça n'a jamais tellement marché. Il est religieux, déteste tout ce qui n'est pas parfaitement ordonné, veut faire beaucoup d'argent. Il a réussi à m'enlever ma fille. Je peux voir Kathy quand je veux, mais c'est lui qui en a la garde. Il l'a persuadée que je ne l'aime pas puisque je suis partie. Quand nous sommes ensemble, elle me boude. Je n'ai pas cherché à la voir depuis deux mois. Pas la peine. Il est plus facile de rester ici et de pleurer. Comme tu sais, j'ai toujours aimé pleurer. Tu sais pourquoi je suis partie vraiment? À cause d'un homme dont je n'arrive plus à me débarrasser. Il m'ennuie plus que mon mari, tu te rends compte? Vaniteux, suffisant, s'imaginant que les petits rôles qu'il a tenus dans des séries à la télévision lui donnent tous les droits. Il me parle toujours de ses amis de Beverley Hills, c'est à croire qu'il est reçu chez les grands lorsqu'il le désire. Depuis que j'habite dans ce trou, il a pris peur de la *French girl*. Je ne vois donc personne et suis heureuse qu'il en soit ainsi. Si ce n'était de Kathy, je retournerais à Montréal. À cause d'elle, je n'ose pas. Ce ne serait pas bien. Je le regretterais. Il me suffit de savoir que je pourrais lui téléphoner, entendre sa voix pour décider de rester ici. Mais je n'aime plus cette ville. Tu te souviens, la première fois?

— Tout à fait. *La Fior d'Italia...*

— ... où tu m'avais saoûlée à la grappa. Ce San Francisco-là n'existe plus pour moi. Il faut être deux pour mener cette vie. Et puis le tourisme, ça se pratique mal chez soi. Je refuse les quelques invitations qu'on me fait, surtout celles des hommes. Il n'y en a pas des masses, remarque.

— Tu devrais sortir un peu, non? Si nous allions au restaurant ce soir ou demain?

— Vaut mieux pas. Je me demande pourquoi j'ai accepté que tu viennes ici. J'ai perdu la tête. La curiosité sûrement de voir ce que tu étais devenu. J'aime souffrir, je sais. Car tu ne t'imagines pas qu'on revient comme ça dans la vie des gens sans

105

rouvrir de vieilles blessures. Je ne t'ai pas oublié, Michel, jamais je ne pourrai aimer quelqu'un plus que toi. Surtout ne proteste pas. Mon visage a changé, je ne suis plus une très belle femme. Si tu me voyais nue tu aurais sûrement pitié de moi. Tu te souviens comme j'étais fière de mon corps. C'est fini. Je suis morte. C'est toi qui parlais souvent de la mort, qui déclarais ne pas croire à la vie, mais c'est moi qui en suis rendue là. Ce que tu peux avoir l'air bien portant! Je n'aurais pas souhaité te voir aussi démoli que moi, remarque, cela non plus ne m'aiderait pas.

Michel baisse les yeux, se passe la main dans les cheveux nerveusement. Le petit chat noir s'étire, ouvre la gueule, court d'un bond vers la porte.

— Comment tu l'appelles?

— *Caravan*. À cause de Duke Ellington.

— Tu n'aimais pas le jazz.

— Ça ne me plaît toujours pas.

De temps à autre un taxi se fraye un chemin à travers des amoncellements de neige légère. Le vent devenu cinglant qui fait baisser la tête. Les maisons basses de l'est de la rue Sainte-Catherine, les montres sordides des petits commerces où est exposée toute une bimbeloterie ridicule, le paletot un peu mince qui protège mal du froid, mais il n'est pas question encore de héler tout de suite un taxi. *Je veux songer à ce que je lui dirai tout à l'heure. Elle ne dormira pas à mon arrivée, s'allumant une autre cigarette, prenant une autre tasse de café. L'imaginer arpentant le corridor qui sépare la salle de séjour de la cuisine en robe de nuit bleue. Elle soulève le store car elle a cru entendre une portière se refermer. Les cheveux qui inondent les épaules. C'est elle dont il faut me séparer à tout prix. C'est elle ou moi. Je ne peux plus rien pour nous.* En cette nuit d'hiver 1973, il n'est pas question de s'interroger sur le sort des petites gens qui ont quitté le Québec en masse pour s'installer à Worcester ou à Lowell. On lui aurait parlé de ces milliers de paysans qui ont préféré les filatures de coton aux terres improductives, il aurait à peine écouté. Aucune place en lui pour l'Histoire ou pour la conscience sociale. Son obsession unique, se défaire de tout lien qui le retient à Andrée. Comme si, retrouvant sa liberté, toutes ses difficultés devaient s'aplanir. Le désaccord sur tous les points. Chacun des agissements de l'un exaspère l'autre. Comme s'il éprouvait un plaisir sadique à choisir des occupations qui ne sont pas les siennes. La musique qu'ils n'écoutent jamais plus ensemble, leurs lectures qui ne coïncident jamais. Lorsque, se souvenant de ses origines ouvrières, Michel participa à quelques manifestations syndicales qui témoignaient selon lui d'un éveil de ses préoccupations sociales, elle se rebiffa. Se moqua même de son dernier roman où il témoignait de sa mauvaise conscience d'intellectuel issu du peuple. Le livre qu'il avait voulu fraternel, loin de tous les stéréotypes. Comme s'il avait eu honte soudainement de ces années écoulées à gommer le monde de l'enfance. Ayant rompu brutalement avec son milieu d'origine, vite tenu pour médiocre, il n'avait pas réussi non plus son entrée dans la petite-bourgeoisie. Andrée le voyait entretenir des rêves, le croyait un peu lunatique. *Ton enfance ne t'a pas préparée à cette prise de conscience. Tu as vécu en milieu bourgeois, tu ne sais rien de ce que je peux ressentir. Ce ne sont pas tes parents avec leurs prétentions ridicules qui pourraient t'aider à y voir clair. Tes parents qui s'efforcent de parler anglais dès que cela leur permet de se hausser dans la classe de ceux qui possèdent. Leur accent si ridicule alors! Tu peux leur rester fidèle. Mais ne compte pas sur moi pour faire la conversation avec l'oncle député que le népotisme a enrichi ni avec le beau-frère qui a avancé dans la hiérarchie gouvernementale à coup de délations! Des vérités pas toujours exagérées criées par exaspération comme si je détenais la vérité de façon irréfutable. Andrée qui avait la larme facile ne pleurait pas à ces moments-là. Elle se contentait de me regarder en souriant. J'explosais de plus belle. Écrivain à peine publiable, scripteur à la petite semaine, j'en convenais, mais il n'était pas question que je trahisse ce malaise qui grandissait en moi. Je savais que j'étais du côté des démunis, qu'elle n'aurait jamais ce sentiment.* La neige pouvait souffler en rafales, le froid traverser ses vêtements, il fallait marcher encore jusqu'à ce qu'il trouve un bar ouvert à cette heure. Un dernier verre pour se préparer à l'affrontement. Lui dire tout, lui dévoiler sans retenue les moindres détails qui lui rendaient impossible la vie avec elle. Ne pas succomber surtout à l'éventualité d'une dernière chance qu'elle évoquerait sûrement. Combien de fois n'avaient-ils pas tenté la réconciliation? *Quand elle dit que les femmes de mes romans n'ont pas de con-*

sistance, qu'elles ne vivent pas, que cela n'est pas étonnant puisque dans la vie je ne donne aucune place au couple, je ne réplique pas. Il est bien possible après tout que je ne sois qu'un être essentiellement solitaire au tempérament narcissique, plus intéressé à ses fantasmes qu'à la vie. Répondre avec rage que je tiens au monologue. Plus qu'à tout. Aucune femme n'aura jamais le pouvoir de me transformer. Toi moins qu'une autre. Quant à la psychanalyse, dont tu finiras bien par me parler comme d'habitude, je ne vais pas y avoir recours pour ça! C'est rongé par la haine beaucoup plus que par le désir d'un dernier cognac qu'il avait marché ce soir de tempête. Tous ces préparatifs de guerre pour affronter une femme qui cette nuit-là était prête à toutes les redditions.

— Ton père ça va?

— À l'hôpital. Il mourra bientôt.

— Il souffre?

— Il n'appartient plus à la vie.

— Un peu comme moi.

— Ne dis pas ça.

— Je suis trop lucide pour me raconter des histoires. Tu as été gentil de t'inquiéter de moi.

— Tu …ne veux pas que nous dînions ensemble ce soir?

— Je n'ai plus l'habitude. Merci. Et puis tu vois, je ne pourrais peut-être plus continuer à te parler sans pleurer. Tu te sentirais mal à l'aise. Ça servirait à quoi de toute façon?

— À rien. Mais tu ne serais pas seule. J'essaierai de ne pas être trop ennuyeux.

— Tu ne l'es jamais.

Elle se lève. Une fois encore la maigreur de ce corps le frappe. Les bras qu'elle tient le long de son corps, les seins qu'on perçoit à peine sous le chemisier. S'il se rapproche d'elle pour l'enserrer c'est poussé par un besoin irrésistible de compassion. Il veut la protéger mais il ne peut pas ignorer qu'il se reconnaît dans sa fragilité. Pas question de désir, elle se blottit contre lui, il la caresse chastement.

— Nous pourrions peut-être casser la croûte ici. J'ai un peu de jambon, de la bière.

— Ça ne t'ennuie pas?

— Pas du tout.

Elle se détache de l'étreinte, se dirige vers la salle de bains d'où elle revient quelques minutes plus tard les yeux un peu rougis.

— J'aurais dû mettre une autre robe pour te recevoir. J'en ai peu, remarque. Quand je suis partie de là-bas je n'ai à peu près rien apporté. Je n'ai plus besoin de tout ça. Ça doit t'étonner, hein?

— Tu n'allais jamais en Europe sans rapporter des robes.

— Pendant que tu courais les disques j'allais dans les boutiques. Des disques tu en achètes toujours?

— Julien dit même que c'est la seule passion qui me reste.

— Quel mot as-tu employé?

— Passion.

— Et qu'est-ce que tu lui réponds?

— Je ne crois pas lui avoir répondu.

Dans les mois qui avaient suivi la rupture, Michel avait réussi à vivre en solitaire. Consacrant le plus de temps possible au travail, ne se refusant plus aux contacts professionnels même futiles, il rentrait à son appartement fourbu. S'il ne devait pas écrire un article ou préparer une interview (c'était la brève époque de sa vie où il lui semblait impérieux de gagner beaucoup d'argent pour se préparer une retraite prématurée, oubliant de ce fait même qu'il avait toujours détesté l'âpreté au gain) il jouissait du calme retrouvé. Qu'il était bon de ne pas avoir à se justifier! En somme, croyait-il, il l'avait échappé belle. Andrée pourrait être toujours à ses côtés, le menaçant de ses crises de larmes. Certes il ménageait une place dans sa vie pour les femmes, sortait avec quelques-unes, mais il ne les invitait plus à coucher sous son toit. Frémissant à la pensée que l'une d'entre elles ne laisse une seule pièce de vêtement chez lui, il préférait rentrer docilement à l'appartement. Ce ne fut qu'au bout de six ou sept mois que la présence d'une compagne lui devint indispensable. Le silence lui était devenu tellement intenable qu'il supportait à cette époque les visites trop fréquentes de Julien qui venait raconter ses fortunes amoureuses entre deux disques de Ben Webster. Il se mit alors à mieux comprendre la crainte qu'avait Andrée de la solitude. Elle affirmait avoir connu des années d'isolement à son arrivée à Montréal. Il était difficile de s'imaginer qu'une fille jeune et si belle ait pu souffrir de la sorte, et pour ces raisons, mais elle lui avait cent fois raconté qu'elle vivait alors une vie parfaitement schizophrénique. Longtemps après, ne remarquait-il pas qu'en société elle était foncièrement intimidée, riant souvent très fort comme si elle avait craint de passer inaperçue, voulant à tout prix plaire à l'homme insignifiant qui s'adressait à elle, prompte à rougir aussi devant le moindre hommage?

De la rupture, qui avait été violente, Michel s'efforçait de ne rien retenir. Puisqu'il en portait l'entière responsabilité, qu'il était livré au démon de l'indépendance, que son emportement avait dépassé les bornes, pourquoi revenir sur le passé? Plusieurs années plus tard il lut dans un roman de Kundera qu'il était plus difficile de rompre avec une femme que de la séduire. N'ayant jamais tenté de séduire vraiment, étant plutôt celui qu'on allait chercher, il croyait difficilement qu'on pût rompre. Pourquoi l'amour ne permettait-il que rarement la permanence des liens que crée l'amitié?

C'est elle qui est menacée. Que reste-t-il de la femme que j'ai connue sinon la fragilité? L'autre a parachevé l'oeuvre de destruction que j'ai si bien entreprise. Il a dû croire qu'il la rendrait heureuse. Il a peut-être été flatté qu'elle se confie si rapidement à lui, qu'elle le tienne pour unique but de sa vie. Moi aussi elle m'a convaincu que j'avais sur elle une emprise très grande. Ne pas croire ce qu'elle me raconte sur son despotisme, sa dureté. Il a été l'amant plein de prévenances. Andrée a trop misé sur l'amour, elle n'a pas appris à se protéger.

Comme convenu ils avaient dîné en tête-à-tête. Elle avait ri quelquefois d'un rire retenu où Michel reconnaissait des accents du passé. Un certain apaisement s'était glissé en elle. Impres-

sionné malgré lui, Michel parlait peu, venant plutôt à la res-
cousse d'Andrée lorsqu'il la sentait sur le point de s'écrouler.

— Je ne croyais pas te revoir, tu sais. Il a fallu ce voyage
raté pour que tu viennes jusqu'ici.

— J'y pensais dès le départ.

— T'en as parlé à ta femme?

— Nous ne sommes pas mariés.

— Mais tu lui en as parlé?

— Que je te verrais? Non.

— Elle n'aurait pas compris?

— Si. Mais je ne voulais pas la troubler.

— Comment est-elle physiquement?

— Plus petite que toi…

— Elle est belle?

— Je crois qu'elle est belle.

— Vous vous parlez beaucoup?

— Je suis parfois très bavard, tu le sais.

— Elle t'aide… à vivre?

— Je ne suis pas malheureux.

— T'entendre dire ça! Jamais j'aurais cru. Au moins pour
toi ç'a été possible. Tu es du côté des vainqueurs maintenant.

— Qu'est-ce que tu veux dire?

— Je t'ai connu si tendu, si peu fait pour le bonheur au
fond.

— Je n'ai pas dit que j'étais heureux.

— Tu n'as jamais accepté ce mot.

— J'ai toujours trouvé la vie cruelle, tu le sais.

— Cette femme, tu la rends heureuse?

— Nous vivons sans heurts. Je ne peux rien affirmer d'autre. Parfois elle me dit qu'elle est heureuse.

— Elle a voulu avoir des enfants de toi?

— Peut-être.

— Tu as refusé?

— Plus je vieillis plus je crois que j'ai eu raison de refuser d'être père.

— Au début je croyais parvenir à te convaincre.

— La paternité suppose une certaine confiance en la vie…

— Que tu n'as pas même maintenant?

— Que je n'aurai jamais.

— Les premiers temps je me disais que si nous avions eu un enfant tu ne m'aurais pas quittée. Pourtant j'ai eu Kathy et…

— Puisque tu ne souhaitais même pas qu'il reste.

— Il m'est même arrivé de regretter la présence de Kathy. Pas très souvent, mais ça m'est arrivé. À ces moments-là je pensais toujours à toi. À quelle heure prends-tu ton avion demain?

Michel vient tout juste d'éteindre. À la radio on diffuse des sonates de Padre Soler. Il écoute avec abandon cette musique précise et nerveuse. Le clavecin remplace le piano, le rythme est plus lent. Les deux derniers jours qu'il a passés chez Andrée l'ont épuisé. Deux jours entre les quatre murs d'un appartement mal isolé qui ne protège pas de la chaleur. La fenêtre ouverte laisse pénétrer un vent trop léger. Ils ont marché dans les allées du *Golden Gate Park* mais Andrée se sent vite oppressée. Même en sa compagnie elle se croit menacée. Vite retourner à l'appartement, se murer contre l'envahisseur. La chambre d'hôtel semble bien accueillante à côté de ce qu'il a fallu supporter. Deux jours entiers avec elle à se demander jusqu'où il pouvait aller. La femme qui était devant lui était à ce point diminuée qu'il ne se sentait pas le droit de lui refuser sa présence. À peu près comme on accorde tout à quelqu'un que l'on sait condamné à mourir. La chambre d'hôtel où plus que partout l'on est seul. C'est là qu'il tentera de se remettre de deux jours de harcèlement. À ses propres interrogations s'ajoutaient les humeurs changeantes d'Andrée tour à tour douce et hargneuse, tendre et rébarbative.

À la suite de quelle faiblesse était-elle tombée dans ses bras si elle le détestait à ce point? Car elle le lui avait dit. C'était à cause de lui si elle avait détruit à jamais sa vie, à cause de lui si elle avait épousé un homme qui n'était pas du tout fait pour elle, brutal, inintelligent, pragmatique. Elle avait voulu lui montrer qu'elle pouvait être heureuse avec un autre que lui. Elle avait même formé le projet de lui envoyer des photos de Kathy pour lui prouver que c'était là le but ultime de la vie, la procréation voulue par l'amour. Si elle ne l'avait pas fait c'était par pur oubli. Il ne voulait pas d'enfant parce qu'il avait peur de la vie, c'était tout. Elle lui reprochait de l'avoir humiliée par certains passages de ses romans, de l'avoir bafouée avec ses liaisons, de ne jamais l'avoir tenue pour aussi intelligente que lui. Elle était alors hystérique, criait, jurait en anglais, se servait de détails de la vie de Kerouac dont à sa demande il lui avait fait le récit pour l'attaquer avec plus de férocité. Kerouac était un homme, pas une poule mouillée de Québécois qui parlait sa langue avec un accent provincial ridicule et qui baragouinait l'anglais de façon tout aussi lamentable. La regardant sans répliquer, Michel avait tout subi dans un état d'hypnose. Comment la quitter dans cet état de toute façon? Elle avait encore besoin de s'en prendre à lui.

— Tu te souviens comme je croyais à l'amour? J'étais sotte tout simplement. La réalité de l'amour, c'est toi et moi, une femme sèche et un homme aux cheveux presque blancs, s'épuisant à essayer de se faire jouir une dernière fois tout en sachant que le lendemain rien ne subsistera.

— Mes serments d'amour…

— Tu n'en as jamais fait parce que tu refusais de t'engager. Pendant quinze ans j'ai vécu avec une ombre. J'aurais dû faire en sorte d'avoir un enfant de toi quand même. Enfin quelque chose dans ta vie qui n'aurait pas fonctionné. Tant pis pour tes théories métaphysiques! Mais tu ne réponds rien?

— Repose-toi un peu. Il est tard.

— Tu veux la paix? Tu as bien raison, va. Mais tu m'énerves avec ton calme. Tu étais si torturé à l'époque. C'est ta Mélanie qui t'a appris tout ça?

Andrée était nue sous les draps. Michel avait touché le corps de cette femme, l'avait pénétré, étonné de l'entendre parfois s'adresser à lui en anglais, prononçant des mots qui n'entraient pas dans son vocabulaire auparavant. Dans l'étreinte elle avait répété qu'elle l'aimait. C'était elle qui l'avait entraîné vers le lit en le suppliant. Elle n'avait pas fait l'amour depuis deux mois, disait-elle. Il avait redécouvert son extrême habileté aux jeux de l'amour, sa vivacité. Elle reprenait vie sous lui.

— Tu ne me trouves pas trop vieille?

— Nous avons le même âge.

— Tu fais souvent des infidélités à ta femme?

— Rarement.

— Qu'est-ce qu'elle dirait si elle apprenait que nous avons couché ensemble?

— Je ne sais pas.

— Elle aurait du chagrin?

— C'est possible.

— Tu vas le lui dire un jour?

— Si elle s'en aperçoit ce sera à cause de mon attitude. J'arriverai à Montréal bourré de remords. Je les aurai bien mérités évidemment.

— Mais pourquoi puisque tu as fait la charité? Tu as eu pitié de moi.

— Ne parle pas comme ça.

— C'est toi qui m'as montré la lucidité. Regarde-moi. Une vieille femme un peu lunatique. Très souvent je me demande si je ne suis pas un peu folle. Je suis remplie de haine. Qu'est-ce que la vie m'a apporté? Comme je suis une fille on m'a élevée pour servir. Normalement je devrais être dévouée auprès d'un homme. Je ne demande que ça, mais il n'y a personne. Toi, l'amour tu t'en passerais, je le sais. Pourtant tu as quelqu'un à tes côtés avec qui tu es bien. Vous avez l'un pour l'autre des attentions. Je suis seule et je mourrai seule. Et puis qui voudrait d'une bonne femme hargneuse? Je les comprends de s'éloigner. Ils ne savent jamais le moment où je vais bondir sur eux pour les abreuver d'injures. Si tu savais comme j'en veux à tout le monde, aux hommes surtout. Et puis cette idée de l'amour que j'ai eue depuis toujours et que j'aurai jusqu'à ma mort. Un corps qui se défait (ne proteste pas), des souvenirs qui font mal et dans la tête des refrains insignifiants qui célèbrent l'amour. Jusqu'à la fin je serai cette adolescente naïve qui rêve d'un bonheur impossible. Quand je me rends compte de ma sottise, j'ai honte. Avoir tant souffert de ce besoin d'aimer et garder encore au fond de soi l'espoir! Embrasse-moi.

Il obéit machinalement. La main d'Andrée qui touche son sexe. Très tôt il perdra la tête. Pour quelques secondes encore il croit qu'il vaudrait mieux lui parler, lui dire que le bonheur n'existe jamais, qu'on ne parvient à la sérénité que lorsque on a banni l'espoir de sa vie. Puisqu'elle avait perdu confiance en tout pourquoi s'épuiser en des révoltes vaines? Les lèvres d'Andrée courent le long de son estomac, la langue dont il a goûté tout à l'heure atteint le bas-ventre. Elle est penchée sur lui, il ne voit plus que ses cheveux. La pointe de ses seins touche son ventre. *Elle n'a certes pas le goût de faire l'amour. Elle obéit à un rite. Je suis le mâle qu'il faut satisfaire à tout prix. Elle me sait gré d'être resté deux jours avec elle.* Le plus doucement du monde il l'écarte de lui. Nus tous les deux ils se tiennent par la main.

— Tu n'as pas envie de moi?

— Ce n'est pas ça.

— N'est-ce pas que ma vie est un beau gâchis? Demain tu partiras. Je reprendrai ma vie d'ermite.

— Justement tu ne devrais pas.

— Mais pourquoi, Michel?

— Je ne sais pas, ta fille.

— Sans elle il y a déjà longtemps... Je pense souvent au suicide. Une idée qui ne me quitte jamais. Si j'avais juste un peu de courage. Pourtant c'est facile de disparaître. Ce ne sont pas les somnifères qui me manquent.

— Tu devrais chercher du travail. Sortir d'ici.

— Ne parlons plus de ça. Laisse-moi te toucher comme avant. Tu n'en as pas pour longtemps après tout.

L'insoutenable sensation d'être favorisé, d'avoir échappé pour quelque temps à l'angoisse pendant que la femme qui repose à mes côtés est torturée. Demain je serai à Montréal attendant le retour de Mélanie pour reprendre notre vie apaisante. L'angoisse n'est jamais loin mais je sais que je serai en mesure de la surmonter au bout de quelques jours. Je ne peux rien pour elle, c'est l'évidence. Je ne reviendra plus dans cette ville. Il ne fallait pas remuer le passé. Je n'aurai réussi qu'à la troubler.

— Penses-tu qu'on en veut à ceux qui se suicident? Est-ce qu'on croit qu'ils sont lâches ou pense-t-on qu'ils n'en pouvaient plus de souffrir? S'il m'arrivait de… est-ce que tu comprendrais?

— Probablement.

— Toi peut-être… mais Kathy. Il a déjà commencé à la monter contre moi.

La pluie tombait abondamment. De sa fenêtre Michel voyait les rares passants courir se réfugier dans les entrées de magasin de *Stockton Street*. Il se mettrait au lit très tôt, espérant que le sommeil ne tarderait pas à venir. Pourvu que l'avion parte à l'heure le lendemain matin. Était-ce bien à neuf heures 25?

VI
MONTRÉAL

Les livres de Kerouac sont toujours groupés en deux piles distinctes, textes originaux et traductions, sur le tapis de la salle de travail. Il n'est pourtant pas question que Michel les lise. Comme si le voyage terminé maintenant depuis six mois n'était pas encore achevé. La maison retrouvée avec grand soulagement. L'impression d'avoir échappé pour quelque temps du moins à l'horreur. Mélanie est rentrée deux jours plus tard de Calgary. Elle ne lui a pas parlé de son silence des derniers jours, mais il a deviné son inquiétude. Elle travaille de plus en plus. On lui confie des dossiers importants. Elle les sollicite parce qu'elle veut prouver que les femmes valent bien les hommes dans l'exercice du droit. Lorsqu'elle parle de ses convictions elle prend mouche rapidement. Elle en a de plus en plus contre la suffisance et la bêtise masculines. Michel, qui a beau jeu, lui donne raison en songeant à la série télévisée qu'il s'est engagé à écrire à son retour de San Francisco. Depuis si longtemps persuadé de la bêtise et de la méchanceté des hommes, il veut bien que les femmes aient l'occasion de prouver leur habileté.

Julien s'est fait insistant auprès de son ami qui a bien voulu oublier les propos blessants qu'il a eus à son endroit. Claude apparaît puis disparaît dans sa vie à intervalles réguliers. Bientôt elle n'aura plus le pouvoir de le mettre à la torture. Déjà il lui arrive d'évoquer en riant ses moments d'égarement. Deux fois par semaine ils écoutent des disques de jazz dans la salle de séjour pendant que Mélanie se moque gentiment de leurs manies. Parfois Julien glisse un mot au sujet de leur soirée chez

Jimmy Ryan's et proclame que Roy Eldridge tout compte fait vaut bien tel musicien d'avant-garde. Il a bon espoir de se mettre bientôt à la rédaction de son étude sur Kerouac et il ne compte plus sur la participation de Michel. L'Université l'intéresse de moins en moins et il a perdu toute ambition de carrière.

Mélanie croit que le voyage a été bénéfique pour son compagnon. Il devrait se remettre à voyager pour ne pas s'étioler. À cinquante ans on ne se sépare pas du monde. Il se retient de lui dire qu'il n'a jamais été si loin du nomadisme. N'aspirant plus qu'au repliement sur soi, il ne sait pas ce que lui apporteraient de nouveaux déplacements. Résigné, légèrement cynique, il est fermement décidé à ne plus quitter la forteresse qu'ils ont édifiée autour d'eux. Pour ne pas la heurter, elle qui est engagée dans la vie, qui croit à des causes aussi éloignées de lui que l'avancement des femmes ou la lutte contre le sexisme sous toutes ses formes, qui fait partie de comités d'action voués à la défense de ces idées, il garde pour lui les attitudes de repli qui le définissent mieux que tout. Il a atteint un palier où rien ne le bouleverse que la présence de Mélanie. Il ne s'agit plus depuis longtemps de se demander s'ils vivent ou non un grand amour. Elle est là à ses côtés et cela représente tout pour lui. Lorsque viendra le jour inévitable de la séparation, lequel des deux vivra le plus longtemps? Qui connaîtra l'enfer? Il croit que c'est lui qui souffrirait le plus dans cette éventualité, mais sait bien que rien n'est sûr à ce chapitre. Ils ironisent sur leur âge ou sur cette vie de couple où tout s'est déjà déroulé pour éviter le désarroi qui blesse sans raison. Aucun des deux ne croit que l'amour pour être véritable doit se réinventer dans la douleur, dans les angoisses. Ils ne demandent plus à la vie de couple que l'apaisement. Même l'activité fébrile de Mélanie qui se déroule en dehors d'eux ne trouble pas cette sérénité-là.

Mélanie qui a toujours eu un corps superbe a un peu épaissi ces derniers mois. Elle ne s'en alarme pas outre mesure. Souvent elle fait de l'humour à ses propres dépens, ne se gêne pas pour préparer des plats généreux qu'elle noie de sauces onctueuses. Les repas se font plus longs, les verres de vin se succèdent. Un peu gris ils évoquent leur passé commun. Les joues de Mélanie s'empourprent sous l'effet du chablis, Michel oublie de se surveiller et emploie des mots qui lui viennent de son enfance. Ils ne demande plus à l'autre de leur enlever l'angoisse de vivre. Il suffit de ne pas évoquer des réalités trop évidentes. Pourvu qu'ils puissent, la santé aidant, poursuivre aussi longtemps que possible leur réclusion à deux. Mélanie dit parfois qu'elle a la certitude de vivre avec lui une grande aventure. Il lui fait remarquer que tout ce qui est «grand» l'inquiète mais qu'il accepte pour une fois l'hyperbole.

Les premiers jours de son retour de San Francisco, il a vécu dans la crainte d'un appel téléphonique qui lui apprendrait le suicide d'Andrée. Comment oublier son regard désespéré lorsqu'elle a tenté de le garder une nuit de plus à coucher? La détresse irrémédiable qu'il a lue dans ses yeux ne lui a laissé aucun doute. Un jour elle commettra le geste fatal. Il est convaincu qu'il n'est même pas souhaitable que quelqu'un la retienne de mettre un terme à sa vie. L'agonie interminable de son père ne lui semble pas plus atroce que la souffrance d'Andrée. Deux images s'imposent à lui très souvent. Andrée s'amuse avec le petit chat noir qui lui tient compagnie, puis les taxis jaunes de New York s'avancent en rangs serrés un soir de pluie. Puisque Andrée ne peut pas ruser avec son désespoir, pourquoi l'empêcher d'interrompre le cauchemar? Il sait également que son point de vue ne sera jamais celui de la vie.

OUVRAGES DE LITTÉRATURE, ROMANS, CONTES ET NOUVELLES PARUS AUX ÉDITIONS INTERNATIONALES ALAIN STANKÉ

Amityville, la maison du diable — Jay Anson
Au pays de Pépé Moustache — Jean Pelletier
La céleste bicyclette — Roch Carrier
Ces enfants de ma vie — Gabrielle Roy
Chroniques de l'oeil de boeuf — Georges Touchard-Lafosse
Le déserteur — Claude-Henri Grignon
Drôle de dames — Yvan Goff
Ben Roberts

Les enfants du bonhomme dans la lune — Roch Carrier
La femme bionique — Eileen Lottman
Les fleurs vivent-elles ailleurs que sur la terre? — Roch Carrier
Il n'y a pas de pays sans grand-père — Roch Carrier
Jamais je ne t'ai promis un jardin de roses — Hannah Green
J'avais des ailes, mais je n'étais pas un ange — Frank W. Abagnale
Laura — À la découverte de la petite maison dans la prairie — Donald Zochert
Lettres inspirées par le démon — Jean Bourget
Leur promesse — Danielle Steel
Manuscrit — Marcel Godin
Moi, Petrouchka — Robert Choquette
Les nuits de l'Underground — Marie-Claire Blais
Les oeufs limpides — Marc Favreau
L'ombre et le double — Yvon Rivard
La pension Leblanc — Robert Choquette
Pentimento — Julia — Lillian Hellman
Les plus belles légendes acadiennes — Catherine Jolicoeur
Le printemps de l'automne — Céline D'Albrisque
La quête de l'ourse — Yves Thériault
Revoir Ethel — Claude Jasmin
Rien détonnant avec Sol — Marc Favreau
Solitude — Huguette Hirsig
Le sourd dans la ville — Marie-Claire Blais
La troisième chance — Stanley Mann
Une femme inachevée — Lillian Hellman
Une femme qui avait changé — Pearl Buck
Une saison dans la vie d'Emmanuel — Marie-Claire Blais

Parus chez Stanké

Parus chez les Quinze

Achevé d'imprimer
en octobre mil neuf cent quatre-vingt-un
sur les presses de l'Imprimerie Gagné Ltée
Louiseville - Montréal.
Imprimé au Canada